目次

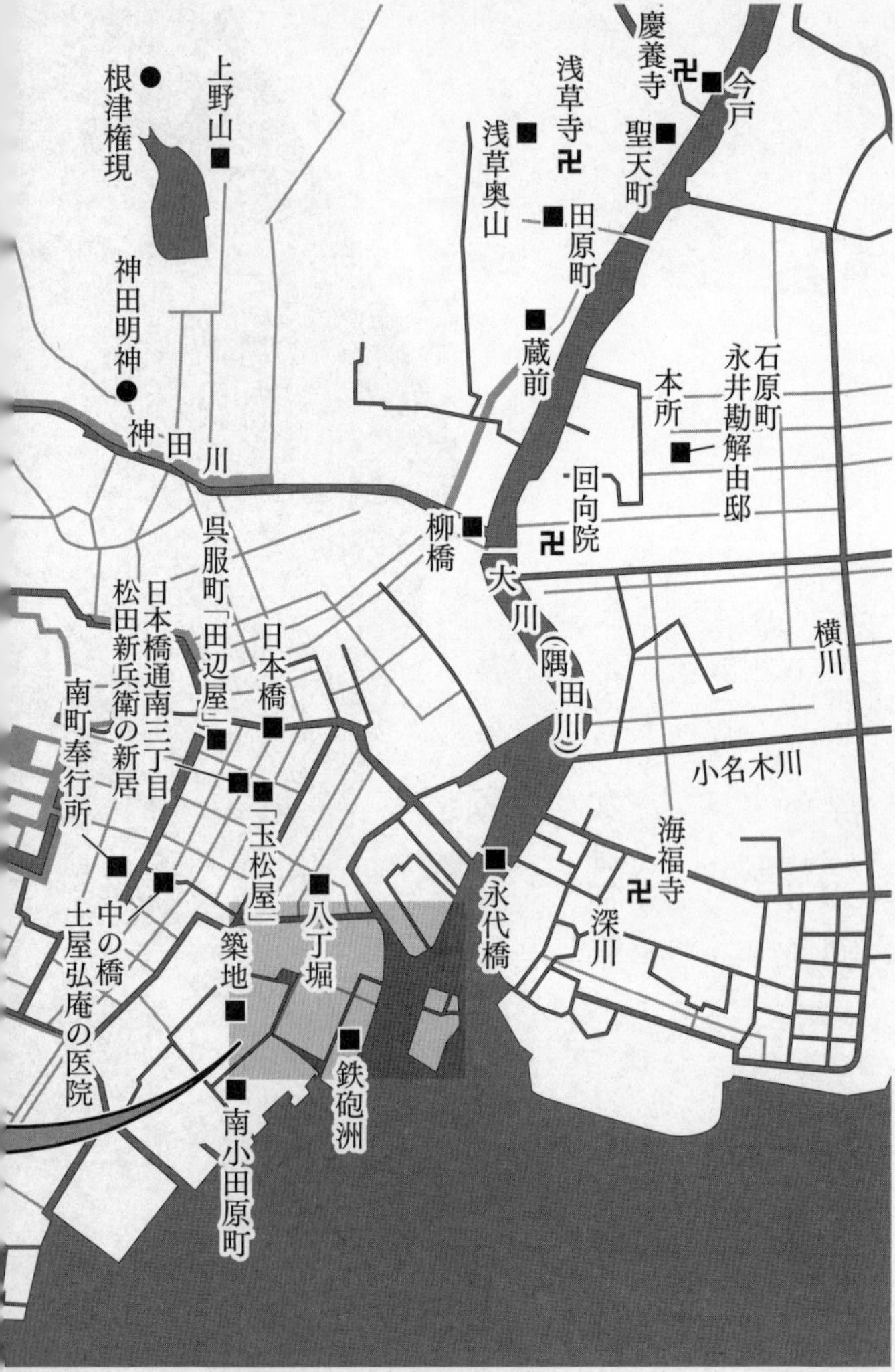
慶養寺
今戸
浅草寺
聖天町
浅草奥山
田原町
上野山
根津権現
神田明神
神田川
蔵前
本所
石原町
永井勘解由邸
回向院
柳橋
大川（隅田川）
横川
小名木川
呉服町「田辺屋」
日本橋
日本橋通南三丁目
松田新兵衛の新居
南町奉行所
「玉松屋」
八丁堀
中の橋
土屋弘庵の医院
築地
鉄砲洲
南小田原町
永代橋
海福寺
深川

「浮かぶ瀬」の舞台

北
東
南
西
京橋界隈
居酒屋「そめじ」
京橋川
弾正橋
白魚橋
京橋
中ノ橋
比丘尼橋
善兵衛長屋
水谷町 栄三郎の「手習い道場」
紀伊国橋
新シ橋
木挽橋
西本願寺
船松町
石川島
佃島
江戸城
品川

地図作成／三潮社

第一話

鬼瓦《おにがわら》

一

文化《ぶんか》四年（一八〇七）の正月も早《はや》十六日となった。

この日は農工商の人々にとっては嬉《うれ》しい〝十六日遊び〟で、奉公人達は〝藪《やぶ》入《いり》〟と称して実家に帰ることができた。

秋月栄三郎《あきづきえいざぶろう》が手習い師匠と剣術指南を務める京橋水谷町《きょうばしみずたにちょう》の〝手習い道場〟も、十六日と十七日は終日休みである。

奉公先から戻ってくる身内を持つ手習い子への配慮であるが、栄三郎にとっては正月気分を切り換える意味でも新年の行事疲れを癒《いや》す休日としても、意義のある二日間といえる。

元はといえば、貧しい者達相手の手習い道場を維持していくための方便として始めた〝取次屋〟稼業であった。

それが、武士と町人の間に入って様々な折衝《せっしょう》を請《う》け負《お》ううちに、取り次ぐ仕事の幅は広がり、それによって得た信用が、すっかりと遠ざかっていた剣客《けんかく》としての道をも開かせようとしている。

去年の秋から請われて武芸指南を務める旗本三千石《ごく》・永井勘解由《ながいかげゆ》邸への出稽古《でげいこ》も、相変わらず続いているのである。

「世の中ってものは、まったく皮肉なもんだなあ……」

休みの間、栄三郎は何度となく又平《またへい》に呟《つぶや》くように言ったものだ。

「ヘッ、ヘッ、左様《さよう》でございますねえ……」

又平はその度《たび》に笑って応《こた》えたが、手習いにおいては雑役係《ざつえき》、剣術においては門人、取次屋においては番頭を務めるこの男は、ぞっこん栄三郎に惚《ほ》れている。

何が皮肉なものであろうか、秋月栄三郎という男の人となりと腕の程《ほど》が、やっと世の中に認められ始めただけのことなのだと内心は思っている。

それでもその言葉を口にしないのは、言えば町の者達にとっていつも親しげで頼りになる〝栄三《えいざ》の旦那《だんな》〟が、どこか遠くに行ってしまうのではないか――そんなやるせない気にさせられるからであった。

藪入といっても、天涯孤独の又平には帰る所とてない。

その、どこか寂しい思いを慮《おもんぱか》ってくれているのであろう。いつもこの時期、栄三郎は出かけることなく、のんびりと家の内でごろごろとしている。

又平は嬉しくなって、魚河岸《うおがし》へ走り、栄三郎の好物である鮟鱇《あんこう》を仕入れてきて鍋にして、栄三郎のために甲斐甲斐《かいがい》しく立ち働く――。

これが手習い道場の藪入と決まっているのだ。

今年は、四月《よつき》前に真裏の〝善兵衛《ぜんべえ》長屋〟に独り越してきた駒吉《こまきち》が楽しそうに又平の仕度《したく》を手伝った。

駒吉は又平と同じく身寄りがなく、共に軽業《かるわざ》芸人の一座で育った仲であるから、彼にとっても藪入の折に自分の居所があるのは嬉しくて堪《たま》らぬようだ。

一時はよからぬ連中の一味と成り果てたこともあった駒吉だが、このところは瓦《かわら》職人として真っ当に暮らしている。

しかし、無二の友といえる又平が嬉々として取次屋に従事しているのを見ていると何やら羨《うらや》ましくて、あれこれ手伝いを買って出て、この稼業の魅力にはまりかけている。

「駒、気持ちはわかるが、お前まで旦那にぶら下がるわけにはいかねえからな……」

そこを又平に読まれて釘《くぎ》を刺され、

「わかっているよ。お前の縄張りに入りこむつもりはねえやな……」

駒吉はあっさりと応えつつ、ちょっと悔しい思いをしているのだ。

栄三郎はというと相も変わらず泰然自若《たいぜんじじやく》──又平と駒吉相手に鮟鱇に舌鼓《したつづみ》を打ちながらのんびりと英気を養って、この二日を過ごしたのであった。

そして、栄三郎達のように気楽な休日を過ごした者もいれば、実家へ帰ったことで、かえって悩みを奉公先に持ち帰った者もいる。

十八日のこと。

気力体力充分に、秋月栄三郎は本所石原町《ほんじょいしわら》の北方にある永井邸へ出稽古に赴《おもむ》いた。

これといって日々の暮らしに刺激のない奥女中達にとって、月に二度の武芸鍛練はこの数ヵ月のうちに大きな楽しみとなったようである。

日増しに稽古への熱も入り、初めのうちは〝稽古をさせられていた〟女中達も、今では生き生きとして木太刀《きだち》や棒を振っている。

相変わらず女達の先頭に立ち、栄三郎に熱い目を向けて指南を請うのは、当家の婿《むこ》養子・永井房之助《ふさのすけ》の実姉・萩江《はぎえ》である。

栄三郎とは互いに心惹《ひ》かれ合いつつも、その想いを胸にしまいこむ萩江は、栄三郎の前で稽古に励むことで胸の想いを昇華させていたし、栄三郎もまた、毎月二度必ず顔を合わす安堵《あんど》感から、近頃では心乱れることなく萩江に接することができるようになってきた。

かつて品川《しながわ》の遊廓《ゆうかく》で、客と遊女として一夜を馴染《なじ》み、心惹かれ合った相手が、今や弟の出世と共に苦界《くがい》を脱し、幸せに過ごしているのである。

萩江の幸せそうな様子を眺めつつ、

「うむ、日毎《ひごと》武芸の腕を上げておられまするぞ……」

「ひとえに秋月先生のお蔭《かげ》にござりまする……」

このような会話を時に交《か》わすことができれば、それだけでよいではないか
――。

年が明けて三十七歳となった栄三郎には、そのような分別が出来ていた。

さてその日もあれこれ技の指南に萩江と言葉を交わし、稽古を終えた栄三郎を、房之助が引き止めた。

「ちと、姉の頼み事を聞いてやって頂けませぬか」

とのことであった。

房之助は、自分を世に出すために苦界に身を沈め、一時は姿を消した姉を深く愛していた。

いかに学問優秀の誉《ほまれ》高くとも、一介《いっかい》の浪人の息子が大身《たいしん》の旗本家の婿養子に

なることなど普通ではありえないことであるのに、房之助は永井家の婿になるにあたって、実姉が行方《ゆくえ》をくらまし自分のために女郎となっていることを堂々と打ち明け、この姉を捜《さが》し出し御家に迎えてもらいたいと願い出た。

それによって婿養子の話が流れても何の悔いもなかったし、永井家当主・勘解由はそのような房之助であるからこそ婿に迎えたのである。

そして、取次屋栄三によって見つけ出され、永井家の奥向きで老女の役割を担《にな》い暮らし始めた萩江に、房之助は何くれとなく気を遣《つか》っている。

その房之助に萩江は、栄三郎に願い事があるのだが、武芸場では私的な願い事など話されぬゆえに、引き止めてもらいたいと告げたようだ。

「私にできることなら何なりと……」

房之助の願いに平然と応えた栄三郎であったが、萩江の頼みと聞けば心中穏《おだ》やかではなく、少しばかり声が上擦《うわず》った。

「忝《かたじけの》うござる……」

房之助は端整な顔に満面の笑みを浮かべると、栄三郎を中奥《なかおく》の書院へ誘《いざな》った。

永井家の遣《や》り手の用人・深尾又五郎《ふかおまたごろう》の要請を受けて、見事に姉を捜し出してくれた秋月栄三郎に、房之助は大いなる信頼と親しみを覚えている。

姉・萩江が遊女であったことを知りながら、そのようなことはおくびにも出さず、憧《あこが》れの美しい貴婦人に接するがごとく、慎みの中に少年のときめきを内包しながら萩江に言葉をかける姿は、実に爽《さわ》やかである。

房之助は、姉と栄三郎がかつて偶然にも一夜を馴染んだ秘事を共有していることを知らぬが、大事に想う姉の日頃の口振りから、萩江が栄三郎にほのかな想いを抱いていることには気づいていた。

永井家へ来てから縁談がなかったわけでもないが、どうか奥向きの御用を務めさせて頂けますようにと、それを辞退してきたのは、萩江が苦界に身を置いた過去を恥じてのことばかりではない――。

房之助はそう思うのである。

それゆえ、稽古の外《ほか》で姉と栄三郎を引き合わせることに、えも言われぬ喜びを覚えるのだ。

とはいえ、二人が恥じらって肝心《かんじん》の萩江の頼み事が進まぬようではいけない。

房之助は書院に、諸事臈《ろう》たけた深尾又五郎を同席させることも忘れなかった。

栄三郎にとってはこれが何よりありがたい。房之助に加えて用人の深尾が同席していれば、萩江の私的な願い事が永井家からの依頼となる。俄然《がぜん》話しやすいというものだ。

書院で茶菓のもてなしを受け、房之助と深尾用人相手に世間話などするうちに、稽古着から美しい御殿衣裳《いしょう》に装《よそお》いを替えた萩江がうら若き奥女中を一人伴《ともな》ってやって来た。

「おお、お絹《きぬ》殿ではないか……」

その奥女中を見て、栄三郎は思わず声をあげた。

お絹は日本橋通南《にほんばしとおりみなみ》に店を構える紙問屋・玉松《たままつ》屋の娘で、齢《とし》は十七、去年から永井家に行儀見習いのため奥勤めに上がっていた。

玉松屋の主人・与兵衛《よへえ》に相談されて、お絹が永井家に奉公できるように取り次いだのは他ならぬ栄三郎であった。

お絹の妹・おたみが、二年前から手習い子として栄三郎の許《もと》へ通ってきている縁が繋《つな》がってのことだ。

取次屋の仕事は、町家から奉公人を武家に取り次ぐことも含まれている。

商家の娘のこととて武芸の稽古にまでは出ていないものの、お絹は萩江の下でよく働き、房之助・雪《ゆき》夫婦からも覚えがめでたく、永井家、玉松屋共に満足をしていた。

「お願いの儀とは、この、お絹のことなのでございます……」

栄三郎の前に出るや神妙に頭を下げるお絹を横目に、萩江が静かに言った。

二

お絹は先だっての藪入の折、玉松屋に里帰りして実家で一泊した後、昨日再び永井邸に戻ってきていた。

本来、武家の女中の〝宿下り《やどさが》〟は三月に行われるものなのであるが、店の奉公人が実家へ帰る折は、お絹たち女中の二親とて娘を恋しがるであろうとの当主・勘解由の配慮から、永井家では商家からの行儀見習いとして奉公に上がっている女中達は藪入の折もまた実家に帰ることが許された。

あっという間の藪入とはいえ、またすぐに宿下りで実家に戻れるのである。

さぞや晴れ晴れとした様子で帰ってくるのであろう。帰ってきたら、あれこれ珍しい話などを物語ってもらおうと萩江は思っていたのであるが、

「ただ今、戻りましてござりまする……」

畏《かしこ》まるお絹の様子がいつになく暗く、何やら屈託を抱えているように見受けら

れた。

「それゆえ、問い質《ただ》してみましたところ……」

お絹は実家に帰るや、両親の与兵衛、お常《つね》への挨拶《あいさつ》もそこそこに、すぐに隣家の扇屋《おうぎ》の娘・お志摩《しま》と連れ立って、近くの大原稲荷《おおはらいなり》に出ている掛茶屋へ名物の串団子を食べに出かけた。

お絹とお志摩は幼馴染みの大の仲良しで、お絹が武家奉公へ上がるのを誰よりも悲しんだのはお志摩であった。

そして、そのお志摩からお絹は思いもかけぬ噂《うわさ》を聞くことになる。

お絹の父・与兵衛が他所《よそ》に女を拵《こしら》えているのではないかというのである。

「与兵衛殿が……。確かなことなのかな」

萩江の口からそのことを聞き、栄三郎は首を傾《かし》げつつお絹を見た。

「お志摩ちゃんの家に出入りしている職人さんが、何度か見かけたそうなのです……」

栄三郎の穏やかな口調に緊張がほぐれたか、お絹は重い口を開き、自《みずか》ら語り始めた。

その職人は、扇屋の娘が玉松屋の娘と仲が好《い》いことをよく知っていたので、余計なことかと思ったが、ついお志摩に喋《しゃべ》ったという。

それによると――。

近頃職人は本所回向院《えこう》裏に稽古場を構える常磐津《ときわず》の師匠に執心《しゅうしん》して、柄にもなく浄瑠璃《じょうるり》の稽古に通っているらしい。

その稽古場の傍《そば》に広がる木立の中に、茅《かや》ぶき屋根のちょっと趣《おもむき》のある料理茶屋が建てられていて、そこから与兵衛が齢の頃、二十五、六の女と出てきたのだという。

人違いかと思ったが、あまりに似ているのでそっと窺《うかが》うと、まさしく玉松屋の主《あるじ》・与兵衛に間違いなかったそうな。

「女というのは粋筋《いきすじ》の者なのかな」

栄三郎が問うた。

「いえ、職人さんの話ではそのような様子には見えなかったと」

「では、料理茶屋から一緒に出てきただけで、与兵衛殿の女とは言い切れまい」

「でも、その女の人はなかなかの器量好しで、父は労《いたわ》るように優しい目を向けて……。女の人も縋《すが》るような目を父に向けていたと職人さんが……」

「その職人も暇《ひま》でお節介な男だな……」

栄三郎は失笑した。

お節介と言えばお志摩というお絹の幼馴染みも、常磐津の師匠に熱をあげて稽古に通うような職人の言うことを真に受けて、いちいちお絹に言わずともよいではないか。

お絹はそんなことを聞かされても、またすぐに御屋敷に戻らなければいけないのだ。知ったところで何ができようはずもなく、気になるだけではないか。

栄三郎はその言葉を呑《の》み込んで、

「お絹殿としては気になることだな」

と、優しく声をかけ、話は読めたと萩江に頷《うなず》いてみせた。

「このままでは奥勤めにも身が入らぬことでしょう。それならば秋月先生に相談をしてみてはどうかと思ったのでございます。武芸指南の先生に斯様《かよう》な願い事をするなど、不躾《ぶしつけ》をお許し下さりませ……」

萩江はそう言って栄三郎に詫《わ》びた。

「不躾なとどとは、とんでもないことでござる。このようなことを言うと剣友の松田新兵衛《まつだしんべえ》に叱《しか》られますが、わたしはやはり取次屋が性《しょう》に合《お》うております」

栄三郎は萩江に頰笑《ほほえ》みを返すと、

「して、お絹殿はどうなることが望みなのだ。もしその女が、たとえば与兵衛殿の囲い者であったとすれば、手を切るように持っていけばよいのかな」

お絹に向き直って彼女の想いを確かめた。

「別段、手を切ってもらいたいとは思いません……」

お絹はきっぱりと言った。

「ほう……」

母親の気持ちを考えればとんでもないことだ。どうかすぐにでもその女と手が切れるようにはからってもらいたい……。

そういう答えが返ってくると思いきや、お絹は意外にも父親の味方であった。

「父・与兵衛が他所に女を拵えたとて、わたしは無理もないことだと思うのです……」

与兵衛は玉松屋の婿養子であった。

丁稚《でっち》からの叩《たた》き上げで、万事仕事はそつなくこなし、真面目《まじめ》で働き者で、人に優しく男気もあり、鼻梁《びりょう》の通った顔立ちは齢と共に彼の男振りを一層引き立てた。

家付き娘のお常は子供の頃から与兵衛が好きで、与兵衛を婿養子にしてくれるよう強く二親に望んだ。

玉松屋の先代夫婦もこれに異存はなかったが、与兵衛の人となりを見て、彼を婿養子に望む商家は少なからず、器量も悪く我儘《わがまま》に育ったお常の婿になってくれるだろうかと、随分《ずいぶん》気を揉《も》んだという。

しかし、丁稚の身から番頭の列に加えてくれるまでに自分を育ててくれた店の恩に報いることができるなら、自分を望んでくれたお常をこそ生涯の伴侶《はんりょ》として、玉松屋のために身を粉《こ》にして働かせて頂きます――。

与兵衛はそう応えて何を厭《いと》うことなく婿養子となった。

それから、四十半《なか》ばとなる今日まで与兵衛はその言葉の通り、ひたすら店のため、奉公人のため、女房子供のために、何ひとつ道楽をすることもなく働きづめの日々を送ってきたのである。

「ところが、母・常はというと、そのようなありがたい父に労りの言葉をかけるどころか、文句ばかりを言いたてて……」

与兵衛の行動にあれこれとけちをつけたりするばかり、これでは父もやりきれなかろう、女の一人拵えたくなる気持ちもわからなくはないと、お絹は溜息《ためいき》交じりに言うのであった。

「はッ、はッ、これは好い……」

話に立ち会う深尾又五郎は破顔した。

「お絹は親父《おやじ》殿のことがよほど好きじゃとみえる……」

真《まこと》にもってと頷く栄三郎と房之助に頬笑まれて、お絹は恥ずかしそうに体を小さくした。

「お絹が案じているのは、このことが母御に知れて、大事に想う父御が家を出てしまうことになりはせぬか……、ということでございましょう」

萩江はそんなお絹の気持ちを代弁した。

「はい……」

お絹は消え入りそうな声で応えると顔を伏せた。

母・お常は己《おの》が器量に劣等感を抱いているゆえに、男振りの好い与兵衛への悋《りん》気《き》は凄《すさ》まじいものがある。

与兵衛に女がいるなどと知れば烈火のごとく怒り狂い、婿養子の与兵衛を家から叩き出しかねない。

夫婦の間に跡継ぎ息子は生まれなかったが、お絹の奥勤めの年季は来年明ける。お絹にしっかりとした婿養子を迎えれば、与兵衛がおらずとも玉松屋は成り立つのだと、お常は強い心で与兵衛に迫るであろう。

もしそうなったら、自分がおらずとも店が成り立つなら、最早《もはや》玉松屋には恩を返した、これからはお常などとは比べものにならない好い女と新たな暮らしを送ってやろうと、与兵衛は出ていけという言葉をもっけの幸いに、さっさと家を出ていくのではないか——。

与兵衛ほどの才覚を持ち合わせた男なら、恐れるものなどない、この先女と二人暮らしていくことくらい何ほどでもないであろう。

お絹はそう思っているのだ。

「なるほど、おぬしはまだ十七というのに、男の気持ちがよくわかっておるな……」

栄三郎は感心した。

自分が与兵衛なら、口うるさく我儘な女房から解き放たれ、新しい女と暮らすことができるのだ、子が暮らしに困るわけでもなく、追放大いに結構だと思うに違いない。

「妹のおたみはまだ八つ……、わたしは、わたし達姉妹からも、玉松屋からも、お父《と》っさんには離れていってもらいたくはないのです。秋月先生、何とかならぬものでございましょうか……」

お絹は悲痛な声をあげた。

永井家の当主・勘解由は人情に厚い。お絹の屈託を知れば、奥方の松乃《まつの》と語らって年季を切り上げ、お絹をすぐに玉松屋に戻してもくれるであろう。

とはいえ、帰ったところでお絹に何ができるはずもなく、今はまだ波風が立っていない玉松屋にいきなり年季を切り上げて帰ったことで、逆に話がややこしくなってもいけない。

それに行儀見習いの半ばで戻ることはお絹にとっても不本意である。やはりこのことは秋月栄三郎に動いてもらうしか道はない――。

そんな萩江の思いに、房之助も深尾用人も大きく頷いたのであるが、

「これは難しい頼み事でござるな……」

「いかにも左様で……」

それぞれ苦笑いを栄三郎に向けるしかなかった。

父・与兵衛が玉松屋から出ていくことだけは何としても避けたい――。

常識的に考えるならば、お常が女のことに気づく前に女と手を切らせることが一番であるが、下手に動けば与兵衛をかえって頑《かたく》なにしかねない。

とかく男女の仲というものは、二人の恋路を妨《さまた》げるものが出現すればするほど深くなるものである。

ただの遊び、浮気心というならどうということもあるまいが、栄三郎はお絹を永井家の奥奉公に上がらせる仲介をした時に玉松屋夫婦と会っている。その時の印象から思うに、与兵衛という男は真面目、誠実を絵に描いたような風情《ふぜい》で、彼が女に入れあげているというならば、これは本気で惚れている可能性が高い。

――確かに、こいつは面倒な仕事だ。

触れれば触れるだけ、お絹が大事に想ってやまない父・与兵衛は玉松屋から出ていかねばならない仕儀に陥《おちい》るような気がしてならない。

別れさせること以外にお絹の望みを叶《かな》える手立てはただ一つ――女との情事を絶対にお常に知られぬような仕組みを作ってやることしかない。

――だが浮気隠しの片棒を担《かつ》ぐのも気が進まない。

「夫婦のことはなるようにしかならぬ。他人のおれがどうこうすることではないよ……」

思わずその言葉が栄三郎の口から出そうになったが、そういう難しい問題であるからこそ、萩江は栄三郎に相談するようにお絹を促《うなが》したのである。

ましてや永井房之助、深尾又五郎をも交えた上での話となると断れぬ。

「なに、心配はいらぬよ。その扇屋に出入りしている職人の思い違いかもしれぬし、与兵衛殿が真に女を拵えているかどうかも知れたものではない。まず様子を見てみるとしよう」

栄三郎はことさらに平気な顔をしてみせて、お絹をひとまず安堵《あんど》させてやったのである。

三

「確かに玉松屋の旦那は回向院裏の料理茶屋へ、時折女としけこんでいるようですぜ……」

一日を終え、閑散とした手習い道場に、又平の声が低く響いた。

萩江からの頼みを受けた栄三郎は、早速又平に件《くだん》の料理茶屋を当たらせた。

永井房之助からは二両の金子《きんす》を当座の入用にと渡されていた。

客を装い、何日か店へ通った又平は、懇意《こんい》になった女中に心付けを握らせあれこれ話を聞くうちに、与兵衛らしき商家の旦那風の男が三月《みつき》ほど前からほぼ月に二度の割合で女と二人で現れるという話を、この日聞き出すことができたのである。

「しけこんでいると決めつけるのはまだ早《はえ》えんじゃねえのかい」

栄三郎はそう言って又平を窘《たしな》めたが、

「旦那も行ってみればわかりますよ。あすこは男と女が人目を忍んで行く所でさあ。あっしも一人で入って女中相手にあれこれ話をするもんだから、この女中があっしに色目を使ってきましてね。もう、困っちめえやしたよ」

と、何か好いことがあったのか、又平はニヤニヤとしながら、やはり与兵衛は女と〝しけこんでいる〟と決めつけた。

実際、与兵衛は人目を忍ぶように女と店で待ち合わせ、店を出るとまた右と左に分かれていくという。

「その女ってえのは、ちょいと陰のある男好きのする顔をしているそうで、何やらこう、別れ際に縋るような目を玉松屋の旦那に向けているそうで……」

「だからってお前、何か理由があって人目を忍んでいるのかもしれねえぞ」

「旦那は本当にそうお思いで？」

「まあ、そうじゃねえとも言い切れねえが……」

お絹の気持ちを思うと、与兵衛に女が出来たということは何かの間違いであってほしいが、栄三郎はあれからふらりと玉松屋に立ち寄って、与兵衛・お常夫婦の様子をそれとなく窺ってみた。

改めて夫婦を眺めていると、娘のお絹が嘆くように、お常は何かにつけて与兵衛のすることに口を出し、人目を憚《はばか》らずに文句を言う。

おまけにその容姿とくれば、体はでっぷりと太り、大きく角張った顔はいつもどこか不機嫌で、まるで鬼瓦のごとき趣がある。

――おれなら他所に女を拵える。いや、そもそも絶対に女房にはしない。

いかに婿養子といっても、四十を過ぎ一廉《ひとかど》の商家の主となったのに、〝鬼瓦〟に日々追い回されてばかりでは、男としての人生になんの楽しみがあるものか。

玉松屋に行ったことで、お絹と同じく与兵衛への同情が沸々《ふつふつ》と湧《わ》きおこったのである。

「まず女の素性《すじよう》を確かめることですね。与兵衛さんのやりきれねえ気持ちにつけ入って、銭を搾《しぼ》り取ってやろうっていう、とんでもねえ女狐《めぎつね》ってこともありますから……」

「うむ、そうだな。又平の言う通りだ」

又平の言葉に栄三郎は少し調子づいた。

そういう女狐であってくれたら、こちらも何の気兼ねもなく別れさせられるというものだ。

そして、今回の萩江からの依頼はとりあえず果たせることになる。

与兵衛はしっかりとした男であるが、遊びつけていないゆえに、女に対しては脇が甘いのかもしれない。

「月に二度くれえの割で、与兵衛と女は料理茶屋へ来ると言ったな」

「へい」

「次はいつ頃になる勘定だ」

「だいたい十日と二十五日てえますから、明後日というところかと……」

「よし、ちょうど手習いも休みだ。まずは当たってみるか」

話が決まったところで栄三郎の腹が鳴った。

「飯の仕度を致しやしょうか」

万事気の利《き》く又平はその音を聞き逃さない。

「いや、飯の仕度といって大したものもねえや。お前は料理茶屋で色っぽい女中とよろしくやっていたってえのに茶漬けを啜《すす》るのも業腹《ごうはら》だ。〝そめじ〟にでも行くか」

「そんならお供を……」

二人はふっと笑い合い、寒々とした道場を出た。

「偕老同穴《かいろうどうけつ》の契《ちぎ》り……なんて言いますが、夫婦なんてものは面倒ですねえ……」

「ああ、所帯を持てば今みてえな気楽な暮らしはできねえ」

「それなのにどうして、世の男は口うるせえ女と一緒に暮らそうなんて馬鹿なことを考えちまうんですかねえ」

外を吹き抜ける冷たい風に身を縮《ちぢ》ませながら又平はつくづくと言った。

「さあ、それは恐らくこんな寒い夜に、一人家へ帰る道すがら魔がさすんだろうよ。女房子供がいるってえのも好いもんだな……。なんてな」

栄三郎はそう応えると、家々に灯《とも》る、温かそうな灯を眺めた。

本所回向院は、明暦《めいれき》の大火《たいか》で亡くなった多くの無縁仏を供養するために建てられた。

全国の秘仏が御開帳される寺院として、勧進相撲《かんじんずもう》の定《さだめ》場所として、ここを訪れる人は多い。

それだけに裏手の木立を行くと、表の喧騒《けんそう》が嘘《うそ》のように思われる。

「人込みに紛《まぎ》れて料理茶屋の方《かた》へとやって来て、また人込みに紛れて別れゆく……。なかなか忍び逢《あ》いには好い所ですよ……」

木立の一隅にある茶屋の床几《しようぎ》に腰を下ろした又平が囁《ささや》くように言った。

「ああ、まったくだ。口の軽い弟子が通う、常磐津の稽古場がなけりゃあもっといいんだが……」

横に座っている栄三郎が溜息交じりに応えた。

二日後の昼下がり。

いつも与兵衛が女と現れるという時分に、栄三郎は又平と連れ立って、少し前からこの茶屋にいる。

傍に立てかけられた葭簀《よしず》の隙間《すきま》から、件の料理茶屋の表が窺える。

又平の言う通り、確かに忍び逢いにはうってつけの店である。

ここを玉松屋の与兵衛が知っていたのなら、なかなか隅に置けない。

逆に女の方が知っていたのなら、堅気《かたぎ》の女とは思えない。性悪な女であるかもしれないというものだ。

「やはり本当だったようですね。口の軽い扇屋の職人の言ったことは……」

やがて独り歩きの商家の旦那風の男が、料理茶屋へと歩みを進める様子が栄三郎と又平の目にとびこんできた。

「嘘であってもらいたかったがな……」

栄三郎が相槌《あいづち》をうった。

今しも料理茶屋の開け放たれた網代戸《あじろど》の門の向こうへと消えていくのは、確かに玉松屋の主の与兵衛であった。

腹を据《す》えたのであろうか、女と忍び逢うにしては、足取りにうわついた様子は見当たらない。彫りが深く、鼻筋の通った美男である与兵衛が、少し憂いを含んだ顔付きで趣のある料理茶屋へ入っていく様子はなかなか絵になっていた。

又平も同じように思ったのであろう。

「奥勤めに上がったお絹さんも、手習いに来ているおたみ坊も、父親に似たのは幸いでやしたね……」

ポツリと呟いた。

「ああ、それだけでも与兵衛殿は、玉松屋に恩返しをしたってもんだ」

思わず二人は吹き出した。笑いの壺《つぼ》は同じである。それゆえ共に暮らしていて飽《あ》きない秋月栄三郎と又平なのだ。

二人の笑いが収まった時――二十五、六の女が続いて店へと入っていった。

物腰、風情を見るにそれ者上《しゃ》がりの様子はなく、町家に暮らす平凡な女と思われた。ただ、肌の色は白く、やや下ぶくれの顔立ちにぽってりとした唇は、噂に違《たが》わずどこか男好きがする。

「恐らくはあの女かと……」

又平が店の女中から聞き出した風貌《ふうぼう》と一致するようだ。与兵衛が店へ入った前後の出入りからしてまさしくそうだと思われた。

又平の下調べで、お絹の不安はほとんど確かなものとなっていたが、実際目《ま》の当たりにするとどうも生々《なまなま》しく、人の恋路を覗《のぞ》き見ることが、何やら卑《いや》しいことに思われて後味が悪かった。

だが、これが二人の逢瀬《おうせ》かというと、どうも腑《ふ》に落ちない。

「中へ入って様子を窺いますかい……」

「いくら頼まれ事でもそんな下衆《げす》な真似《まね》はよしにしようぜ」

「へへ……、そうですね……」

「それに、おれは二人を見て、ちいっとばかり気持ちが変わった」

「てえますと……？」

「あの二人……。出来てねえんじゃあねえかな」

「そうですかねえ。何でもねえ二人がこんな所でそっと逢ったりしますかねえ」

「口うるさい内儀の目から、ただ逃げたくて、ここを選んだのかもしれぬぞ」

「う〜む……」

「おれはそんな気がするんだ」

結局栄三郎の見解に、又平も頷かざるをえなかった。

ほんの小半刻《こはんとき》（三十分）くらいで、与兵衛と女は店から出てきたのである。

しばらくは出てこぬであろうと思い、一旦茶屋を出ようとした栄三郎と又平は、料理茶屋の前で右と左に分かれゆく与兵衛と女を危うく見過ごすところであった。

「逢瀬を重ねる二人にしちゃあ、あまりに早過ぎるぜ」

「そいつは確かに……」

二人の滞在する時の長さまでは女中から確かめていなかった又平であった。

別れ際に女は与兵衛に縋るような目を向けたが、栄三郎にはそれが心の底から感謝の意を表す女の真心と見えた。

「あれが女狐だとしたら、おれは明日から世の中の女を皆信じねえよ」

「まずは正体を突き止めてきやすよ……」

又平はまだ半信半疑であるようだが、とにもかくにも女の後をつけて歩きだした。

栄三郎は与兵衛の後をそっとつけてみた。

随分と急ぎ足である。早く店へ戻り仕事につかねばならぬという気の焦りであろうか。

回向院の参道へ出ると、店の小僧二人が満面に笑みを湛《たた》えて与兵衛を待っていた。

「どうだ、楽しかったか……」

与兵衛は小僧二人に優しい声をかけてやる。

「はい、ありがとうございました……」

元気な返事に与兵衛も満足そうに、二人の肩をポンと叩いて彼らを従え歩きだした。

どうやら小僧二人を供に所用に出かけた途中、お参りをしてくるからその間遊んでいなさいと小遣いをやって、自分は裏手の料理茶屋へと行っていたようだ。

小半刻の間にしろ、小僧達には楽しい一時であろうし、店に戻ってうっかり口にしたら二度と御供の中《ちゅう》に遊ばせてもらえなくなることくらいは子供なりにわかっている。

それゆえ、与兵衛が途中一人でお参りに出かけたのは、優しい主人が自分達を遊ばせてやろうとするがための方便であると信じつつ、そのことは旦那様との内緒事だと決して口外することはないであろう。

そして、供連れで出かけた与兵衛がその途中、密《ひそ》かに女と二人で逢っているとは誰も思うまい。

「与兵衛殿はなかなかに巧《たく》みだな……」

栄三郎は感心しつつも、僅《わず》かな一時を作るのにここまで細心の注意を払わねばならない与兵衛が気の毒で仕方なく思えてきた。

おまけに、これほどまで注意をしてきたにもかかわらず、隣家に出入りしている職人に見られてしまったなどとは、不運にもほどがある。

栄三郎の見たところ、件の女と与兵衛はやはり男女の仲ではないはずだ。

――それがここまでこそこそとして逢わねばならぬものか。

栄三郎は編笠《あみがさ》を目深《まぶか》に被《かぶ》り、小僧二人にあれこれ町で目にする風物の謂《いわ》れを教えつつ道行く与兵衛を追った。

やがて真《ま》っ直《す》ぐに日本橋通南の店に戻った与兵衛を確かめると、店の者に気取《けど》られぬように、そっと店の軒先《のきさき》の端に身を寄せ、中の様子を窺ってみた。

すると——、

「旦那様、お帰りなさいませ……」

という奉公人達の声を聞くや、奥から待ち構えていたかのようにお常が店先へと出てきて労《ねぎら》いの言葉もなく、

「どこへお出かけでございました」

いきなり角張った顔の眉間《みけん》に皺《しわ》を寄せて出迎えたものだ。与兵衛は平然として笑みを絶やさず、

「昨日話したではないか、柳橋《やなぎばし》の〝あおやぎ〟さんに行くと」

「〝あおやぎ〟さん……？　料理茶屋の……」

「出入りの芸者衆に懐紙を配るとかで、以前から声をかけてもらっていた件でね」

「それはそれは、きれいなお人に囲まれてよろしゅうございましたね」

「馬鹿を言っちゃあいけないよ。配る相手は芸者衆でも、御注文をお受けするのは六十になる女将《おかみ》さんですよ」

「あら、六十といってもおきれいな人がいっぱいいいましてよ。見くびっちゃあい

けません……」

顔に少し安堵の色を浮かべつつ、それを見透かされてなるものかと、お常は鬼瓦のような厳しい表情を崩さずそのまま奥へと戻った。

与兵衛はふっと苦笑いを発すると、奥の帳場へと入っていった。

――まったく面倒な女房だな。

この様子ではたとえ情を交わしておらずとも、ちょっとばかり好い女と会ったというだけで、お常はたちまちまた鬼瓦と気色《けしき》を変じて怒り狂うであろう。

――ああして人知れず逢うしか道はないか。

栄三郎は、

「父・与兵衛が他所に女を拵えたとて、わたしは無理もないことだと思うのです……」

と叫ぶように言った娘のお絹の気持ちが今さらながらわかる気がした。

件の女とは男女の仲ではないと見た栄三郎であったが、先ほどの与兵衛の苦笑いを見ると、むしろ与兵衛が女を囲っている方が救われる気がした。

――とにかく又平の報《しら》せを待つか。

栄三郎はそっとその場を離れた。

その時である。

三十前後の町の男が薄ら笑いを浮かべて路地の陰から出てきて、足早に立ち去る姿を栄三郎は認めた。

そういえば与兵衛をつけて歩く道中、この男の姿を目にしたような気がする。

もしやこの男もまた、与兵衛をつけていたのであろうか――。

男は体から、何やら邪《よこしま》な気を撒《ま》き散らしているようで、栄三郎はどうも気にくわない。

何者かと男の姿を求めてみたが、その姿はすでに人込みの中に紛れていた。

――考え過ぎか。

栄三郎はふっと笑った。人の後をつけていると、気が張ってあらゆる者が怪しく見えてくる。

やはり秋月栄三郎――取次屋稼業に手を染めている時の方が、総身に血が躍《おど》っている。

四

その二日後の昼下がりのこと——。

手習い道場に玉松屋の主・与兵衛がやって来た。

手習い師匠の秋月栄三郎は、時折手習い子の親達を招いて子供のことなどをあれこれ話す機会を設《もう》けている。

ここへ通う子供達の大半は近辺の裏長屋の住民で、貧乏な親達は節句に師匠に渡すべき礼金なども滞《とどこお》りがちであるから、何かというと道場にやって来て、礼金の代わりにと道場の掃除をしたり、修繕をしたり、夕餉《ゆうげ》の菜などを置いていく。

それゆえにほとんどの親達とは顔馴染みで、子供の手習いのこと、家での様子などを忌憚《きたん》なく話せるのであるが、玉松屋の娘・おたみのように、呉服《ごふく》町の大店《おおだな》・田辺《たなべ》屋の主・宗右衛門《そうえもん》の勧めで栄三郎の許に入門してきた富裕な商家の子供達の親となると、なかなか顔を合わすこともない。まして父親となるとなおさらだ。

それを慮って今日は与兵衛を招いたのである。

とはいえ、それがおたみをだしにした方便であることは言うまでもない。

あれから、件の女の後を追った又平からの報告を受け、栄三郎は直《じか》に与兵衛に会って確かめずにいられなくなったのだ。

「秋月先生、このような場を設けて頂けるのは真にもってありがたく存じます」

「いや、忙しいところを呼びたてたりして申し訳ござらぬ……」

いかにも誠実な与兵衛の挨拶に、栄三郎は型通りの応《いら》えを返すと、おたみはしっかりと手習いに励んでいるゆえに何の心配もないと告げて、

「そういえば言うのを忘れてござった。先だって永井様の御屋敷への出稽古の折に、お絹殿と顔を合わすことができましたよ」

「左様でございましたか。藪入で帰った折には何やら浮かぬ顔をしておりましたので案じていましたが、達者にしておりましたでしょうか……」

「さて、それでござるよ」

と、栄三郎は話をあの一件へと持っていった。

手習い道場には、栄三郎と与兵衛しかいない。

「お絹殿は屈託を抱えていた由《よし》……」

「屈託を？」

「いかにも、父親を想うゆえの屈託でござる」

「はて……」

「与兵衛殿に、近頃好い女《ひと》が出来たのではないかと」

「ほう……。左様でございましたか……」

与兵衛は思わぬ手習い師匠からの言葉に目を丸くしたが、観念したかのように大きく息をついた。

「お絹殿は与兵衛殿に女が出来たとて無理もないことと言うておりました……」

だが、そのことがいつかお常に知れて、与兵衛が玉松屋を出ていくのではないか——そればかりが案じられるのだと、自分に苦しい胸の内を打ち明けたということを、栄三郎は真っ直ぐに伝えた。

「お絹がそんなことを……」

与兵衛はしみじみと娘に愛されている喜びを嚙《か》みしめた。

「真に嬉しゅうございます……」

「ですが、そのお袖《そで》殿とは、そういう間ではないのでしょう」

「先生……、どうしてお袖の名を……」

さらに驚く与兵衛に、

「お許し下され。永井様からの頼みを断りきれずに、少しばかしあれこれ調べさせてもらいましたよ」

栄三郎は又平によってもたらされた種々の情報を元に〝お袖〟という女との因《いん》縁《ねん》を問うたのである。

回向院裏の料理茶屋の前で、与兵衛と別れゆく女の後を又平がつけてみると、女は回向院の東、建ち並ぶ武家屋敷の間を抜けて横《よこ》川沿いに北へ、清水《しみず》町の小さな仕舞屋《しもたや》へと入った。

仕舞屋といってもその辺りは方々《ほうぼう》に薄《すすき》が茂る、町家というには寂しい所で、元は百姓家であったものを借り受けているのであろう。

いずれにせよ様子を探る又平にとっては、隣《となり》近所が点々として離れているだけに好都合であった。

そっと裏手へ回って家の傍に立つ杉の老木の陰に潜《ひそ》みながら中を窺うと、家には病がちの老母がいて、その会話を聞くに、女の名がお袖であることが知れた。

老母は帰ってきたお袖に、

「わたしがもう少ししっかりしていればよいものを、お前にばかり迷惑をかけるね……」

と、何度も謝っては、

「下らないことを考えないで、おっ母《か》さんは早く体の調子を戻しておくれよ」

と宥《なだ》められていた。

そして、玉松屋の旦那様はありがたいお人だ。ありがたすぎて涙が出る。それに引き替えあの御内儀は——と、与兵衛を称《たた》え、お常に恨《うら》み言《ごと》を並べ、またお袖に窘められ、

「旦那様はお前のことを想って下さっているのではないのかねえ……」

しまいにはこんなことを言って、

「何てことを言うの。旦那様がわたしなどを相手にされるはずがありませんよ」

と、ついには叱られていた。

お袖のその口調から察するに、お袖は与兵衛を慕いつつも、与兵衛ほどの男にそのような浮ついた考えを抱くこと自体が畏《おそ》れ多いことだと、自らに言い聞かせているように又平は思ったという。

「つまり与兵衛殿は、お袖という女子《おなご》とは深い仲ではない。左様でござろう」

「はい、決して深い仲などではありません」

「かつてお袖殿は玉松屋に女中奉公をしていたとか」

「さすがは取次屋でございますな。そのようなことまでおわかりで……」

与兵衛は秘事を打ち明けることにすっきりとしたのか、相好《そうごう》を崩してこれまでのお袖との成り行きを語り始めた。

お袖の病身の母はお糸《いと》という。

生まれは浅草今戸《あさくさいまど》町で、十八の時に腕っ扱《こ》きの船頭《せんどう》と所帯を持ち、やがてお袖を儲《もう》けたが、亭主はお袖が五つの時に橋桁《はしげた》の落下事故に巻きこまれ不慮の死を遂《と》げた。

それからは亡夫が遺《のこ》してくれた貯《たくわ》えに、僅かな賃仕事を足して、お糸は何とか女手ひとつでお袖を育てたが、その間に身寄りも死に絶え、自らも体の調子を崩し、周囲の勧めで深川入船《ふかがわいりふね》町に住む担ぎ小間物屋の許へお袖を連れて後妻に入った。

彼もまた優しい夫であったが、お糸に男運はなく、再嫁したここでも、流行《はやり》病にすぐ小間物屋の夫を失うことになる。

小間物屋には死に別れた前妻との間に倅《せがれ》がいたが、この倅はとんでもない極道息子でほとんど家には居つかず、父親が死んだを幸いに戻ってきて、家内の有り金をそっくり持ち出したまま再び姿を消してしまった。

この時、お袖は十三歳になっていた。

気丈でしっかり者の彼女は病がちの母の姿に発奮し、寄辺《よるべ》を頼りに商家の女中として年季奉公に出ることを思い立った。

そして、亡父の贔屓《ひいき》に玉松屋を知る人がいて引き合わせてもらえる機会を得た。

その頃はまだ玉松屋の先代夫婦も健在で、利発で目端が利くお袖を気に入って、十年の年季で五両の前渡し金をお糸に与えて引き取ったのである。

お袖はそれから身を粉にして働き、僅かな給金はお糸に送り、真に健気《けなげ》な暮しを送った。

そのお蔭で、お糸は深川入船町の家で針仕事などしながら、体を癒しつつ生きてこられたのである。

「玉松屋の御先代はそんなお袖をますます気に入って、かわいがったものでした……」

与兵衛は懐《なつ》かしそうに在りし日の先代夫婦の姿を思い浮かべた。

「与兵衛、年季が明けたら……、いや、明けるまで待たなくてよろしい。お袖はこの玉松屋からしかるべきところへ嫁に出してやりたい。わたしが死んでしまったら、お前がそうしてあげなさい……」

先代は、お袖が十五になる頃には、お常の婿養子となった与兵衛に時折そう告げていた。

「ところが、御先代がお袖をかわいがればかわいがるほどに、お常はお袖に辛《つら》く当たるようになりました」

「なるほど、そういうことですか……」

栄三郎は大凡《おおよそ》の話の流れを瞬時に察した。

少女の頃に奉公に上がった時はさほど思わなかったが、大人になるにつれ、お袖の容姿はどこか男達が放っておけない——そんな魅力を醸《かも》すようになってきたのであろう。

太り肉《じし》で目は小さく鼻は丸い——鏡を見ては溜息をつくお常は、一回り歳下《としした》のお袖に激しい嫉妬《しっと》の念を抱くようになったのであろう。

そういえば、栄三郎は玉松屋に器量好しの女奉公人がいるのを見たことがなかった。

美男の婿養子である与兵衛に色目を使うような女中が出てきては困るというお

常の猜疑心《さいぎしん》からのことに違いない。

自分の容姿への劣等感は、お常の性格を醜《みにく》く歪《ゆが》めてしまっていたのである。

「御先代御夫婦が亡くなった後に、お常殿はお袖殿を……」

追い出したのに違いなかろうと、栄三郎は与兵衛に問いかけた。

「いえ、それが……、玉松屋から暖簾《のれん》分けをすることになった〝吉竹屋《よしたけ》〟という紙問屋へお袖をついていかせたのです」

「ほう、それはうまく考えましたな」

お袖はその時二十歳になっていた。

長く玉松屋に勤めるしっかり者のお袖を吉竹屋につけてやればさぞ助かるであろうという配慮に見せかけて、体《てい》よく玉松屋から追い出したのである。

「与兵衛殿はその時反対されなんだか」

「恥ずかしながら、その時はお常の謀《はかりごと》にまだ気づいてはいなかったのです」

お常は残る年季の三年を、一年だけ吉竹屋に行けば明けさせてやろう、吉竹屋の方ではその後、お袖の縁談も用意しているとまで言ったのである。

「どうも怪しいとは思ったものの、己が女房を疑いたくはなかったのです」

「それは、そうでござろうな……」

その頃にはもう、お常の悋気に随分と苦しめられていたはずの与兵衛であったが、それでもお常を信じたのは、連れ添う女房への愛情があってこそのことである。

いかにも優しくて誠実な与兵衛らしいと栄三郎は感じ入った。

それとともに、このような素晴らしい夫を謀《たばか》ってまで己が悋気をぶちまける、お常という家付き娘の成れの果てに、言いしれぬ憤《いきどお》りを覚えたのである。

その実お常は、お袖に酷《むご》い仕打ちを加えていた。

玉松屋から体よく追い出したものの、暖簾分けした吉竹屋に与兵衛が時折顔を出すことが気になり、吉竹屋の主人に命じてお袖に暇を出させたのである。

そして、お袖が玉松屋からは遠く離れた本所清水町の百姓家へ母親と共に移り住んだと知るや、もう会うこともあるまいと、

「お袖はめでたく遠方の商家へ片付いたそうですよ」

と与兵衛には伝えたのである。

「ちょうどお前様が、八王子《はちおうじ》へ用を足しに出かけられた間のことで、わたしの方からお祝いの方はしておきましたのでご安心下さい」

こう言われれば、それはよかったと頷くしかない与兵衛であった。

あまり問い詰めると、

「お前様はお袖が嫁いだことを気に入らぬとでも言うのですか。さてはあの女中が年季の明けるのを待って、どこかへ囲おうとでも思っていたのですか！」

などとうるさく喚《わめ》きちらすに違いない。

出払ったという入船町の長屋を訪ねて確かめてみようとも思ったが、そんなことがお常に知れたらそれはそれで大変なことになる。

とにかくお常を信じようと思い、お袖の幸せを信じて三年が過ぎた。

この間、与兵衛が外出する所は、寄合か得意先か町内の知り人の家の他はほとんどなく、お常は自分の知らぬ土地へ与兵衛が出かけると、今までに増してうるさくあれこれ尋ねるようになった。

「それはわたしが、もしやどこかでお袖にばったりと会うのではないか……。それを案じてのことだったというわけです……」

お常の不安はやがて現実となった。

俄《にわか》に大量の奉書の注文が入り、芝金杉通《しばかなすぎどおり》の紙問屋・伊勢《いせ》屋へ助けを求めに出かけた帰りのこと、与兵衛は金杉橋を渡ったところでお袖を偶然に見かけたのである。この日お袖は芝湊《みなと》町の川津《かわつ》屋という薬種屋に、滋養に効《き》く薬があると聞き及び、病母のためにと、わざわざここまで買い求めに来ていたのであった。

与兵衛は咄嗟《とっさ》に供連れの小僧に、

「これはいけない。伊勢屋さんに矢立《やたて》を忘れたかもしれない。すまぬが戻って尋ねてみておくれ」

と言って、小僧が傍を離れた隙にお袖を捉《とら》えた。

「旦那様……」

与兵衛の顔を見るや思わずその頬を伝った一条の涙が、お袖の三年間の屈託と苦労を物語っていた。

「やはりお前は遠方へ嫁いだのではなかったのだね……」

言えばあれこれ迷惑がかかると言葉を濁《にご》すお袖であったが、吉竹屋から、お前がいると玉松屋の御内儀に睨《にら》まれる、頼むから遠くへ嫁いだことにして出ていってくれと言われ、移って一年経《た》たずに暇を出された――やっとのことでそこまでは聞き出せた。

長い間、玉松屋のために汗水を流してきたお袖を、先代の言葉の通りに嫁へ出すこともせず、あまつさえ病母を抱える身を僅かな金を握らせて店の外へ放り出すとは何たる仕打ちであろうか。

「わたしは御先代に代わって、お常の不人情を詫びて、お袖に償《つぐな》いをしようとしたのです」

与兵衛はやり切れぬ思いを絞《しぼ》り出すように言った。

「それでこの一年ばかり、月に二度、密かにお袖に会い、困ったことはないか尋ねてやり、養子の身で勝手に使える高など知れていますが、幾《いく》ばくか老母への見舞の金を渡していたのです」

お袖はそれを拒《こば》んだが、償いをせねば後生《ごしょう》が悪いという与兵衛の言葉に胸打たれて、ありがたくその厚意を受けることにした。

それに当たっては、清水町の家へ通ってあらぬ噂が立っても困るので、件の料理茶屋でそっと会うことにしたのである。

「よくわかりました。やはり、わたしの思った通りだ。だが、与兵衛殿は何ひとつ間違ったことはしておらぬというに、人目を忍んで、女房殿を叱りつけることもなく……。どうも納得がいきませんな」

栄三郎は嘆息《たんそく》した。

「ははは、それが養子の身の辛《つら》いところでございまして……。わたしとて何恥じることのない玉松屋の主でございます。あの口うるさいお常を怒鳴りつけてやりたい気も致しますが、元よりお常の悋気もわたしを想うゆえのこと。それに、お常の顔を見ていると、親と慕った御先代の旦那様の顔が思い出されましてねえ……」

「ほう、御先代も鬼瓦のような……」

「え……？」

「いや、御内儀殿によく似ておられたのでございますな」

「はい、左様で。御主《おしゅう》の娘となれば叱りつけることもためらわれまして。与兵衛、娘の不始末はどうか許してやってくれ……。そんな声が天から聞こえてくるような気がするのでございます」

「う〜む……」

栄三郎は唸《うな》った。

お袖は女狐ではなかった。

性悪女と手を切らせるという解決の道はこれでなくなった。

取次屋としてどうすればよいか、わけがわからなくなってきたが、与兵衛は間違っていないのであるから、彼を応援してやるしかあるまい。栄三郎が与兵衛に代わって、お袖に労りの言葉をかけてやることはできない。

「このことはもちろん、一切《いっさい》口外致さぬが、与兵衛殿はどう始末をつけるおつもりかな」

とにかくそう問うてみた。

「今しばらくは時折密かにお袖に会い、話を聞いてやり、玉松屋としてお袖に渡しそびれている母御への見舞金を少しずつ渡してやりとうございます……」

その間に病母共に面倒をみてやろうという優しい男を探し、これに嫁げるように図るつもりだと与兵衛は凜《りん》として答えた。

「秋月先生もお袖の婿選びを何卒《なにとぞ》よろしくお願い申し上げまする」

「はい、心得ました。この上は娘のお絹殿には、調べてはみたが、やはり扇屋の職人の思い違いであったと伝えておきましょう」

「そうして頂けますか……」

「その上で、回向院裏の料理茶屋に替わる好い場を、すぐに手配致しましょう」

「それはありがとうございます……」

にこやかに胸を叩く栄三郎を頼もしそうに見て、思わず与兵衛は顔を綻《ほころ》ばせた。

この度の取次の次第は、萩江、永井房之助、深尾又五郎にだけは真実を伝え、いつの日かお袖の縁談がまとまるまで、玉松屋与兵衛が女房に代わってする償いを何としても隠し通す手配をしてやることが自分の役目だと栄三郎は心に決めた。

――いかに悋気の内儀でも、欺《あざむ》くことなどわけもなかろう。

与兵衛ほどの男を苦しめてばかりのお常に対して、お袖の存在を隠し通すことで溜飲《りゅういん》を下げてやろうと心に決めたのである。

しかしその時――。

栄三郎の脳裏《のうり》に一人の男の姿が浮かんだ。

それはあの日、回向院裏の料理茶屋から出て、お袖と別れ帰路についた与兵衛をつけた折――玉松屋の表でふとその存在に気がついた、三十前後の男の姿であった。

あの折の男の気にくわぬ面影《おもかげ》は、栄三郎の心の内で一点の濁りとなり、たちまち黒い澱《おり》となって沈んでいった。

「与兵衛殿、ひとつお聞きしたいのだが……」

「何なりと」

「お袖殿は、何ぞ悩み事を与兵衛殿に相談しましたかな」

「相談というほどのことは何もありませんでしたが、鶴太郎《つるたろう》という兄が時折、母親の許に金の無心に来るのが困りものだと、こぼしていたことがありました」

「兄……、鶴太郎……」

「はい。先ほど申しました、母親のお糸さんが幼いお袖を連れて後添えに入った所にいたという生《な》さぬ仲の……」

「死に別れた女房との間に出来た、極道者の兄のことでござるな」

「しっかり者のお袖が母親の許に戻ってきたと知って、せびれば幾らかになると思ったようですね」

だが、今まで労いの言葉ひとつかけたことのない継母に金をせびりに来るなどもっての外《ほか》と、お袖は気丈にやくざな義兄を追い返しているそうな。

「そうでしたか……」

たちまち栄三郎の頭の中で、お袖の義兄・鶴太郎が、件の三十男と重なった。

外は風が出てきたようだ。

吹き抜ける不気味な風音が、栄三郎の胸騒ぎを一層かき立てた。

五

「お初にお目にかかります。あっしはこちら様から暇を出されましたお袖の兄で、鶴太郎と申します。これは玉松屋の御内儀様でございますかい。以後、よろしくお見知りおきのほどを……」

「まず用件を聞きましょう。わたしに折入って話があるとはどういうことなのです。言っておきますが、お前さんの妹に暇を出したのはうちではありません。吉竹屋ですよ」

「それはお上《かみ》さんの意を含んでのことにござんしょう」

「言いがかりをつけようったってそうはいきませんよ。十年の年季を二年繰《く》りあげてやったというのに、文句を言われる筋合いはありません」

「妹はお袋のためにも、もう少し働かせてもらいたかったようでしたが、御先代もお亡くなりになりゃあ、どうもせちがらいことでござんすねえ……」

「若い人を呼んでつまみ出してもらいますからそのおつもりで」

「おっと……、こいつはお気が短《みじけ》えや。あっしは何も妹のお袖のことで、こちらさんへ難癖をつけに来たわけじゃあござんせんよ。兄を兄とも思わねえお袖の奴《やつ》にはもううんざりとしているくれえでごぜえやしてねえ」

「まどろっこしい話はよしにしたらどうです」

「ヘッ、ヘッ、違《ちげ》えねえや。お上さんにお話してえってのは他でもねえ。大きい声じゃあ言えねえが、こちら様のお旦那と、お袖のことなのでございますよ……」

秋月栄三郎の胸騒ぎは現実のものとなっていた。

栄三郎が手習い子の親への面談を理由に、玉松屋の主・与兵衛と語らっていた頃——与兵衛の外出を見計らったお袖の義兄・鶴太郎が、こっちは玉松屋の内儀・お常に面会を求めたのである。

栄三郎の予想通り、二日前に与兵衛とお袖の密会を見届けた後、栄三郎がそっと与兵衛の後をつけ、玉松屋の表で見かけた〝気にくわぬ男〟こそが、お袖の生さぬ仲の義兄・鶴太郎であった。

小間物の行商の息子に生まれ、さのみ不自由もなく育ったもののぐれて家に寄りつかなくなった鶴太郎であったが、未《いま》だ博奕場《ばくちば》をうろつくだけの三下《さんした》で、いつも懐《ふところ》が寒く苛々《いらいら》としながらその日暮らしを送っていた。

それがある日、商家へ年季奉公に出ていた義妹のお袖が暇を出されて、義母の許へ戻っているという噂を聞いた。

義母と義妹は、鶴太郎が育った深川入船町の長屋を離れたそうだが、このところは病がちであった義母のお糸も、しっかり者の娘・お袖のお蔭で良薬を服し、少しずつ元気を取り戻しているという。

――こいつは暇を出された時にお袖の奴、いくらか銭を貰《もら》いやがったに違《ちげ》えねえ。

鶴太郎はそう思い立ち、本所清水町の貸家を捜し出し、お袖の留守中にお糸を訪ねた。

「おっ母さん、おれだよ、鶴太郎だよ……。今さらお前を訪ねてこられた義理じゃあねえが、おれもやっと目が覚めた。堅気《かたぎ》になる決心がついたよ……」

ついては足を洗うにも、借りた金を返さねばならない。とにかく一両あれば大事ないのだがと、金をせびったのである。

「一両などとんでもない……」

お糸はそんな金などないと断りつつも、生さぬ仲とはいえ、こうして訪ねてきてくれた鶴太郎に情がもたげ、その日は一分《いちぶ》を持たせて帰した。

「おっ母さん……、かっちけねえ……」

空涙を浮かべた鶴太郎はこれに味をしめ、それから何か理由をつけてはお糸の許を訪れ、小遣い銭を奪っていくようになった。

しかし、これはすぐにお袖の知るところとなり、継父が死んだ折に貯えの金子《きんす》をそっくり持ち出して行方をくらました鶴太郎を詰《なじ》り、兄などとは思っていない、二度と来ないでくれと、追い返したのである。

「畜生《ちくしょう》め……、お袖の奴、痛《いて》え目に遭《あ》わせてやる、覚えていろ……」

これに鶴太郎は憤り、逆恨みをした。

そしてお袖の様子を窺い、何か強請《ゆすり》の種を見つけてやろうとつけ回していたところ、商家の旦那風の男と料理茶屋で密会しているという事実を知ることになった。

そして、その旦那が紙問屋・玉松屋の婿養子で、器量が悪く嫉妬深い女房に日頃手を焼いていると聞き及び、お袖への意趣返しにこの話のネタをお常に売り込みに来たのである。

お袖のことに関しては内心引け目のあるお常である。鶴太郎の話は聞き捨てならなかった。ましてや、夫の与兵衛が絡《から》んでいる話となればなおさらだ。

「その話、聞かせてもらいましょう」

と、お常は鶴太郎の前に二両を置いた。

「話し終わった後に一両、話の中身次第では三両渡しましょう」

このあたりはお常も商家の娘である。金の渡し方に抜かりはない。

鶴太郎は三両欲しさに懸命に話した。

与兵衛が回向院裏の料理茶屋で、義妹・お袖と密会していた事実を……。

そして、話し終えるや三両の金子が鶴太郎に向かってとんできた。

聞かされるうちに鬼瓦と化したお常が、怒りにまかせて投げつけたのである。

「お、おありがとう、ございます……」

存外に気の小さい鶴太郎は、とび散った三両を慌《あわ》てて拾い集めると、前金の二両と合わせて懐の奥に放り込み、そそくさと逃げるようにその場から走り去った。

「あの与兵衛が……。番頭上がりが、このわたしを欺いたか！」

金を投げつけすっくと立ち上がったお常の形相《ぎょうそう》は凄まじく、すっかりと常軌《じょうき》を逸《いっ》していたのである。

「ああ悔しい！」

その絶叫に、仕事に就《つ》いていた店の奉公人達は何事かと一斉に手を止めた。

秋月栄三郎が又平を伴い与兵衛を送って玉松屋の表に着いたのはこの時であった。

鬼瓦・お常の咆哮《ほうこう》は、表にいる三人にも充分届いた。

そして、その怒声に吹き飛ばされるかのごとく、店の内より表に駆け出てきた鶴太郎の姿を認めた栄三郎はがっくりとして、逃げ去る鶴太郎を指差し又平に頷いた。

そこは以心伝心《いしんでんしん》――又平は頷き返してさっと駆け出し、鶴太郎の後を追いかけた。

「どうやら、隠し通すどころか、すっかりと知られてしまったようですな」

「はい……、何が何やらわかりませんが、お常が吠《ほ》えていることは確かなようです」

「今飛び出していったのは間違いなく鶴太郎という破落戸《ならずもの》です」

栄三郎は、先日自分と共に与兵衛をつけていた鶴太郎のことを見破れず面目《めんぼく》次第もないと与兵衛に詫びたが、

「いえ、これまでお常の悋気や我儘に目を瞑《つむ》ってきたのも、御主の娘という遠慮

があったこともさりながら、ひとえに夫婦仲を悪くしては玉松屋の身代に関わると思ってのこと。御先代が亡くなってから七年……。何とか玉松屋も落ち着いたようです。もう御先代も許して下さるでしょう。これで、本当の夫婦として向かい合えるというものにございます。秋月先生には御足労をおかけ致しました……」

幸いにも栄三郎の手習い子である八つになる次女のおたみは習い事に出かけている。与兵衛は何か振っ切れたかのような爽やかで晴れ晴れとした表情で、何怖《お》じることなく店へと入っていった。

「与兵衛殿！」

その与兵衛に雷《いかずち》のごときお常の叫びが降り注《そそ》いだ。

「お前は、ようもようも、このわたしを欺きましたな！　まず話を聞きましょう。奥へお入りなさいまし！」

「これ、店先で騒がしい。静かにしないか……」

与兵衛はまず穏やかに窘めた。

「これが静かにできますか、まずお上がりなさいまし！」

それが気に入らぬのか、ますますお常は言い立てた。

「お前は今、皆の前でわたしに欺かれたと言うた。それならばわたしも皆の前で身の証《あかし》を立てよう。さあ言うがいい。わたしがお前をどのように欺いた！」

今度は与兵衛――よく通る声でじっと店先から帳場に立つお常を見据えた。

思わぬ反撃にお常は一瞬戸惑《とまど》ったが、それがまた口惜《くや》しく、こみ上げる怒りで言葉も出ずに口をもごもごとさせた。

「お前の言いたいことはわかっている。わたしがお袖に会っていることを聞きつけ、邪推をしているのだな」

与兵衛はそんなお常に自らお袖の話を持ち出した。

「よくもぬけぬけと……。お前はお袖とこそこそ逢っていたことを認めましたな……」

「その前に、お常、お前こそ、わたしの知らぬところで吉竹屋と謀《はか》り、長く奉公をしてきたお袖を放り出したのはどういうことだ」

「そ、それは……」

「お袖に限らず、玉松屋に奉公をする者は皆、肉親と同じと思え。できることならこの店からしかるべきところへ嫁に出してやれ……。これはいつも御先代が仰《おつしや》っていたことだ。わたしは無惨にも暇を出され店の外へ放り出されたお袖を、御先代に代わって世話をしようと思っただけだ！」

白昼《はくちゅう》堂々の正論である。

奉公人達は、遠くへ縁付いたものと思っていたお袖が知らぬ間に吉竹屋から追い出されるようにして暇を出されたという事実を知り、それがお常の悋気から生じたことであるのを一様に悟り、内心では与兵衛の義挙に感じ入った。

だが、家付き娘で人一倍気位《きぐらい》が高いお常には、最早こういう理屈は通らない。何があっても悪いのは男の方で自分ではないという、女独特の宇宙的な理屈へと気がいってしまっていた。

「ふん、お父っさんに代わって世話をしてあげようと思った……。静かな料理茶屋で逢引きをして、どんな世話をしていたと言うのです」

「表沙汰《おもてざた》にすれば、わたしはお前を叱らねばならなくなる。それゆえしかるべきところに嫁がせるまではそっとお袖に会い、病がちな母親へ僅かばかりの見舞を渡し、困ったことがないか、尋ねてやろうと思ったのだ」

「黙りなさい！　先代に代わって？　先代の娘をないがしろにして、よくそんな口が利けたもんだ。お袖に暇を出したのは、あの女がちょっと器量の好いのを鼻にかけ、お父っさんやお前にすり寄るからですよ。そのうちに色目を使うに違いないと思っていたら案の定こんなことになりましたよ」

「こんなこと……。疑い深いお前が怒り狂う姿を見たくなかったから人目を忍んだが、わたしはお袖とはそのような仲ではない」

「そんな見えすいた嘘に騙《だま》されるもんかい！　わたしはお袖を許しませんよ。江戸にいられなくしてやる……」

「見えすいた嘘……」

与兵衛は一瞬悲しそうな表情を浮かべたが、

「馬鹿者！　お前は御先代の御遺徳を台なしにするつもりなのか！　下らぬ悋気もいい加減にしろ！」

ついに激昂《げっこう》した。それはお常はもちろんのこと、娘にも奉公人にも見せたことのない激しいものであった。

それだけにこの一喝にはえも言われぬ迫力があり、気が強くともそこはお常も女である。ポカンとして与兵衛を見つめた。

与兵衛はその凄まじい勢いで、つかつかとお常に歩み寄ると、その襟首《えりくび》をむんずと掴《つか》んで、

「まず謝れ。己が下らぬ悋気にて、肉親も同じ奉公人を追い出したことで、お前

は御先代を裏切り、店の者皆をあなどったのだ！　謝れ、謝れ……！」

とそのまま床に頭を押しつけた。

お常は与兵衛の思わぬ膂力《りょりょく》に怯《おび》え、泣きながら、

「何をするのです……、養子の分際でよくもこのわたしに手をあげましたね……。この恩知らず、人でなし……！」

それでも悪口雑言《あっこうぞうごん》を浴びせかける――。

与兵衛はしばらく怒りにまかせてお常を押さえつけていたが、やがてそんなお常を懐かしそうに、愛《いと》おしそうに見つめ、笑いだした。

「はッ、はッ、はッ……、心配するなお常、後にも先にも女房に手をあげるのもこれが限りだ……。わたしは今日限り出ていく」

「何ですって……」

「出ていくと言っているのだ」

呆然《ぼうぜん》とするお常と店の者達をにこやかに見廻《みまわ》すと、

「皆、世話になったな。この後はお絹を呼び戻し、しっかりとした婿を取り、今までよりさらにお店《たな》を繁盛《はんじょう》させておくれ。娘達に会えないのは寂しいが、それも仕方なかろう。この着物と、奉公していた頃に貯めた五両のお金だけ頂いていい

こう」

与兵衛はそう言って紙入れから五両だけ抜き取ると、残りを紙入れごと帳場に置いてさっさと店を出ていった。

「待ちなさい！　ここを出て、お袖と一緒になるつもりなのですか！」

お常は与兵衛の後ろ姿に叫んだ。

「お常さんはどこまでも、お袖が気に入らないようですねえ」

与兵衛は失笑したが、その話し口調はもう他人行儀なものになっていた。

「わたしは御先代の旦那様がお袖を嫁に出してやれぬままお亡くなりになったので、その代わりを務めてあげるだけのことです。それをお常さんが許さぬとなれば出ていくしか道はない」

「この期《ご》に及んでまだそんな嘘を……」

「嘘ではありません。わたしはお常さんと祝言《しゅうげん》をあげた時、己の心に誓いました。お常さんの他にわたしの妻は誰もいないと……」

その言葉にお常はまじまじと与兵衛の顔を見つめて、

「与兵衛殿……」

と、打ちのめされたように縋るような声を放った。

二十年近く夫婦でいながら今頃になって気づいたのだ。真面目で商売上手な夫は、たくましく雄々《おお》しい男でもあった。そして、男振りの好い与兵衛は器量の悪い自分だけを大事に想っていてくれたということを。

与兵衛の言葉に何ひとつ嘘はないに違いない。己を振り返って毛筋ほどの後ろめたさもないゆえに、与兵衛はあれだけ胸を張って、なお、お袖の世話を焼けるのであろう。

俄に失った物の大きさが計り知れなくて、お常は与兵衛に押さえつけられた悔しさゆえに流した涙が、いつしか切ない感傷の滴《しずく》となって目からこぼれていることに気づいた。

お常は今初めて気づいたのだ。先代に見込まれた与兵衛が自分を妻にしたのは、義理や世渡りのためだけではなかったことを。お常は与兵衛に愛されていたのである。

怒りに顔を強張《こわば》らせ、鬼瓦と化したお常の面相はすっかりと女らしく、愛嬌《あいきよう》のあるものとなっていた。

――決して器量は悪くないのだ。

一部始終を見ていた栄三郎は、お常の容姿を今改めて見て、そう思った。お常の本当の美しさは、与兵衛一人がわかっていたのだ。それでよかったのだ。

「与兵衛殿……」

お常はもう一度縋るような声を発したが、与兵衛はもう振り向かなかった。

栄三郎は店の表で与兵衛を出迎え、

「与兵衛殿、惚れ惚れと致しましたよ。しっかりと叱ってやりましたな」

と、肩を並べて歩きだした。

「いや、とどのつまり、娘のお絹がわたしに出ていってもらいたくない、何とかして下さいと秋月先生にお願いしたにもかかわらず、こんなことになってしまいました」

「ははは、何をやっていたのかと、叱られてしまいますな」

「申し訳ありません」

「いや、お絹殿の親父殿は大したお人じゃと、真実を話してあげることができます。それに、与兵衛殿とお常殿がこのまま別れゆくこともなかろうと、この栄三は信じていますから」

「さて、それはどうでしょうかな……」

「女房と喧嘩《けんか》して、亭主が家をとび出すことなどよくあることですよ」

「そんなものでしょうか」

「裏の長屋では毎日のことですよ。それより、今日はこのままどこへ行くのです」

「さて、どうしたものか……」

「家《うち》に来ますか。この先をどうするか、思い付くまで何日でもいればいい……」

「それはありがたいことですが、先生の所へ行けば、おたみに見つかってしまいますよ」

「あの愛らしい娘に縋りつかれたら困ってしまいますな」

「はい。それに子供の頃から数えて、初めて玉松屋を出るのです。二、三日は物《もの》見遊山《みゆさん》に方々うろつきとうございます」

「なるほど、それもそうですな。はははは……」

「はッ、はッ、はッ……」

「わァッ、はッ、はッ……！」

栄三郎は与兵衛がますます好きになった。

今日はどこで別れようともお節介は焼かせてもらう。この誰もが愛し、必要とする男をこのままにしておいてよいものか。必ずや元の鞘《さや》へ納め、与兵衛には新たな幸せをもたらしてみせる——。

栄三郎は取次屋としての矜持《きようじ》を胸に、しばし与兵衛と笑い合い、晴れ渡った早春の空の下をあてどなく歩いたのである。

六
梅が方々で咲き始めた。

春寒は日毎和《やわ》らぎ、この日は梅の花を愛《め》でるにまことありがたい陽気となった。

深川仲町《なかちよう》の昼下がり——盛り場に咲く紅梅を見上げて、

「おう、咲きやがったか……」

などと恰好《かつこう》をつけている遊び人風の男が一人——三下から抜けられない鶴太郎である。

だが今日は唐桟《とうざん》の着物に博多《はかた》の帯を締《し》め、雪駄《せつた》をチャラチャラとさせながら若いのを一人従えて、ちょっと兄ィを気取っている。

先日、玉松屋のお常からせしめた五両の金が、少しはその身を飾ってくれたようである。

「これからどこかで女を仕立てて、花見でもするか……」

と、肩で風を切って歩きだした鶴太郎の前に、二人の剣客風の武士が立ち塞《ふさ》がった。

一人は人懐こい笑顔を向けているが、もう一人の方は仁王《におう》のごとき偉丈夫《いじようふ》で、猛鳥のような目で鶴太郎を睨むように見ていて何とも恐ろしい。

もちろん、この二人とは秋月栄三郎と松田新兵衛である。

「鶴太郎というのはお前かい」

栄三郎がにこやかに話しかけた。

「へ、へい……。そうでごぜえやすが……」

その親しみやすい口調に、鶴太郎の緊張も少しばかりほぐれた。

「てことは、お前は入船町に以前住んでいたお糸殿の倅だな」

「へい、生さぬ仲でございますが。それがどうか致しましたか……」

「そうかい、そいつはよかった。おれ達は昔、お糸殿にひとかたならぬ世話を受けた身でな。久しぶりに入船町の家を訪ねてみたら、もうとっくに他所へ越したと聞いたので、お前に教えてもらおうと捜していたってわけだ」

「へ、へい、そうでございますか……」

「まさか知らぬわけではなかろうな……」

栄三郎はここで声に凄《すご》みを利かせ、ジロリと鶴太郎を見据えた。

剣客より取次屋が自分には似合いだと言いながらも、気楽《きらく》流・岸裏《きしうら》道場で十五年もの間、修行を積んだ秋月栄三郎である。意気地《いくじ》のない三下一人恐れさせることなどわけもない。

「へ、へい……、そ、その、本所は清水町の……」

鶴太郎はしどろもどろに、お糸、お袖の住まいを告げた。

「そうかい、噂によるとお糸殿は病がちで、お前の妹が甲斐甲斐《かいがい》しく世話をしているそうだが、お前も見舞は欠かしてはおらぬのであろうな」

「へい、まあ、そりゃあ……」

「何だやけに歯切れが悪いな。生さぬ仲でも親は親だ。おれは親兄弟を粗末にする奴が大嫌いでな……。どうなんだ！」

「は、はい……。大事にしておりやす！」

鶴太郎は体を硬直させながら、命惜しさにそれでも嘘をついた。ごみのような奴だと心の内で嘲《あざけ》りつつ、栄三郎は相好《そうごう》を崩し、

「そうか。それは何よりだ。どうだ、これから一緒に見舞に行かぬか。そうだ、お糸殿にこの梅を見せてやろう……」

と、新兵衛に目で合図を送った。

先ほどから一言も喋らず、鶴太郎を睨みつけていた新兵衛は、無言で腰の刀を目にも留まらぬ早業《はやわざ》で抜き放ち、またこれをすぐに鞘に納めた。

余人には一瞬目の前に美しい光芒《こうぼう》が走ったかとしか思えぬ、電光石火《でんこうせっか》の手練《しゅれん》である。

そして、納刀と同時に切断された梅の一枝が新兵衛の目の前に落ちてきて、彼の大きな掌中《しょうちゅう》に収まった。

「どうだ、一緒に行かぬか……」

栄三郎は穏やかに言ったが、その目は殺伐《さつばつ》とした光を宿していた。

「あ、あ……」

鶴太郎は恐怖に体を震わせた。すでに連れの若いのは顔から血が引いている。

「どうした鶴太郎。行かぬのか」

「ご、御免なすって！」

鶴太郎と若いのは脱兎《だっと》のごとく逃げ去った。

「情けない奴だ……。だが、これでもうお糸とお袖には近付かぬだろう」

鶴太郎を見送りながら、栄三郎はふっと笑った。

「これで〝取次〟も片がついたのか……」

この度もまた付き合わされた新兵衛は、少し呆《あき》れ顔で言った。

「ああ、すまなかったな。助かったよ」

「おれを頼らずとも、梅の枝くらいおぬしでも斬れるだろう」

「斬れるが、やはり新兵衛でないと相手はあれほどまでに怖がるまい」

「おぬしの誉《ほ》め言葉が曲者《くせもの》だ」

「まあそう言うな。これは永井様からのお話だ。新兵衛にも梅の枝を斬るくらいの義理はあるだろう」

「おぬしには敵《かな》わぬ……」

新兵衛はふっと笑って、

「それで、栄三郎がうまく取り次いで、めでたく玉松屋の主は店に戻ったのだな」

「ああ、お常殿は今度のことで、与兵衛殿なしに生きてはいけぬと、改めて思い知らされたようだ。おれが与兵衛殿の居所を教えると、自分の足で出向いて頭を下げたよ」

「ほう、大層な変わりようだな。主はどこへ身を寄せていたのだ」

「それが深川の正源寺《しょうげん》に一間を借りていた」

「寺にいたか。これはよい」

新兵衛は愉快に笑った。

子供の頃から玉松屋を出たことがなかった身であるゆえに、方々楽しんでみたいと言いながら、親しい和尚《おしょう》のいる寺へ寄宿するなど真に与兵衛らしい。

自分に通じる生真面目《きまじめ》さを持つ与兵衛に、新兵衛は大いに親しみを覚えたようだ。

あれから――。

栄三郎は与兵衛の居所を確かめ、手習い子のおたみを通してお常に報せた。

お常はすぐに正源寺に与兵衛を訪ねると、お袖を玉松屋に呼び戻し、お糸の面倒を見るとまで与兵衛に言ったのである。

こうまで言われれば与兵衛も戻らぬとは言えない。元より店を出たのは、お常の行き過ぎた悋気を身をもって糺《ただ》すためで、本意ではなかったのであるから。

「お袖と母御を引き取る？　ほう、そこまで申したか。して、お袖は何と……」

「断ったよ」

「なるほど、自分のことで大騒ぎになったのだ。今さら気まずくて戻れまい」

「江戸を出て、神奈川《かながわ》の宿で暮らすそうだ」

「神奈川？」

「知り人に旅籠《はたご》の主がいて、働かぬかと言ってくれているそうだ」

「玉松屋の主が、先代に代わってしかるべき嫁ぎ先を見つけてやろうというのにか」

「もう、ありがたすぎるくらいお気遣いを頂きましたゆえに、どうぞお構い下さいますなと別れを告げたそうだ」

「お袖は心の奥底で、お常という内儀を許しておらぬのかもしれぬな」

「いや、与兵衛殿の情けを受けるうちに、本当に与兵衛殿のことが好きになったのだろう」

「そうであろうか……」

「おれはそう思う。だが、お袖が惚れた与兵衛殿の心はお常殿にしか向いておらぬ。それがわかったゆえに、江戸にいるのが辛くなったのではないかな」

「栄三郎の話を聞いていると、お常はとんでもない女房のようだが、それでも玉松屋の主はお常の許に戻った……。おれにはよくわからぬ」

「おれにもわからぬ。だがよくわからぬのが夫婦のおもしろみだと、この話をした時御用人の深尾殿は申された。〝鬼瓦〟という狂言を引き合いに出されてな」

「〝鬼瓦〟……。どのような話であった」

「国を離れ、長く京に逗留《とうりゅう》している遠国《おんごく》の大名が、五条因幡堂《ごじょういなば》の薬師如来《やくしにょらい》を参詣《さんけい》するのだが、その大屋根の鬼瓦をふっと見て早く帰りたいと大泣きするのだ」

「おお、思い出した。その鬼瓦が国に残してきた妻にそっくりだったのだな」

「そういうことだ」

剣友二人は高らかに笑った。

栄三郎が永井邸へ玉松屋夫婦の顚末《てんまつ》を報告しに上がった折、深尾又五郎は、

「夫婦というものは長く暮らすと、色恋などはるかに超えた味わいが出るものなのでござるよ」

と、永井房之助、萩江、お絹に〝鬼瓦〟を語り、しみじみと夫婦の不思議を説いたものだ。

「いい話だが、やはりおれにはわからぬ……」

明日戦って死ぬやもしれぬ武芸者に、後ろ髪引かれるものなどあってはいけな

い――。

それが松田新兵衛の信条なのである。

「だが栄三郎、おぬしには、そういそういう夫婦の不思議を、人に説ける男であってもらいたいとおれは思う」

紅梅の花が美しい切り枝を手にかざしながら、新兵衛は穏やかな目差《まなざ》しを栄三郎に向けた。

「いくら新兵衛の頼みでも、これぱっかりはおれも死ぬまでわからぬだろうよ……」

少しおどけて応えつつ、栄三郎は紅梅の木の下から逃げるように歩きだした。

用人・深尾又五郎の話にうっとりとして耳を傾け、ほんのり頬を朱に染めた萩江の面影が、突如脳裏に浮かんだ動揺を紛らすために――。

早春は足早に過ぎていく。

若い頃には想像もできなかった去りゆく日々への名残《なごり》と哀感が、栄三郎の胸をギュッと締めつけた。

第二話

女難剣難

一

秋月栄三郎と松田新兵衛が、深川仲町の盛り場で親不孝者の遊び人・鶴太郎を脅した日の昼下がりのことである。

紙問屋・玉松屋の主《あるじ》・与兵衛とその内儀《ないぎ》・お常の諍《いさか》いも収まり、無事〝取次〟の仕事も一段落がついた栄三郎は、

「梅の枝を斬るのにわざわざ連れ出したりしてすまなかった。御礼に何かうまいものでも奢《おご》らせてくれ」

と新兵衛を誘ったが、

「いや、それより家に来ぬか。干物やら野菜やら、食い切れぬくらいに田辺屋から届いてな、手伝ってもらいたい」

新兵衛は逆に栄三郎を自宅に招いた。

以前は、木挽《こびき》町二丁目の唐辛子屋の二階に間借りしていた新兵衛であったが、栄三郎のお節介で、ここに独り暮らしていた店主のお種婆《たねば》ァさんが娘夫婦の許《もと》で暮らし始め、替わって別れた女房子供と復縁なった大工の安五郎《やすごろう》が入居すること

になり、新兵衛は家から追い出される恰好《かっこう》となった。

そして今は、これもまた栄三郎のお節介で、日本橋通南三丁目の表長屋に移った。

そこは建具職人が住んでいた一軒で、店賃《たなちん》も安く、仕事場にしていた小庭では素振りなどもできる、新兵衛にとっては実に気の利《き》いた住まいなので、入居した折は親友の気遣いに喜んだものだ。

しかし何のことはない。その表長屋は富商・田辺屋宗右衛門の地所で、呉服町にある田辺屋からはほど近い。

それゆえに、田辺屋の娘で新兵衛へ想いを寄せ続けるお咲《さき》は、〝手習い道場〟での剣術稽古《げいこ》へ通う道すがら必ず新兵衛の家の前を通るのだ。

件《くだん》の干物と野菜は、お咲があれこれ理由をつけて持ってきた物であった。

一途《いちず》に新兵衛を想い、新兵衛恋しさゆえに彼の精神世界を少しでも覗《のぞ》き見ることができたらと、女の身でありながら剣術を習い始めたお咲が健気《けなげ》で愛《いと》おしくはあれど、新兵衛はやはり明日の生死も知れぬ剣客に色恋は無用のものと、頑《かたく》なに一線を画《かく》している。

栄三郎は、今や己《おの》が剣の愛弟子《まなでし》となったお咲が、少しでも新兵衛の牙城《がじょう》に迫れるようにとお節介を焼き続けているのだ。

だが、それは新兵衛にとってありがた迷惑というもので、差し入れが来たということは、活発で行動力豊かなお咲のことである、今日あたり、

「わたくしがお料理をさせて頂きましょう」

などと言って、押しかけてくるような気がする。

いかにお咲が愛らしくとも、家で差し向かいで飯を食うなど、これはどうも気まずい。何としても栄三郎を連れて帰りたい。

だが、差し入れがあったと聞き、お咲の行動を読んだ栄三郎は、

「干物と野菜があるならお前はそれを食え。おれはちと用を思い出したので、今日はこれにて別れよう……」

と、愛弟子の幸せを祈り、気を利かそうとする。

「どこへ行く……！　今日は何が何でもおぬしを連れて帰るぞ！　待たぬか栄三郎……」

「痛い痛い……！　腕を摑《つか》むな……」

「よいな、必ず今日はおれの家で干物を食え！」

「嫌だよ。おれはお咲の邪魔をしたくはない……」

栄三郎は新兵衛の相変わらずの堅物《かたぶつ》ぶりを嘆《なげ》き、新兵衛はいつまでたっても調子の好《よ》さが変わらない栄三郎に怒る――もう二十年以上続けられてきた剣友同士のやり取りは今年も変わらない。

戯《ざ》れ合うように揉《も》める二人は、向こうからやって来た一人の小柄な男がじっとこちらを見つめているのに気づき、少し決まりが悪そうな表情で会釈《えしやく》した。

男はにこやかに何度も頷《うなず》くと、

「ほう……、これは……」

と、新兵衛の顔を見て呟《つぶや》くように言った。

何とも不思議な男である。

きれいな入道頭に反し、顔は不精《ぶしよう》髭《ひげ》だらけで、髭には白いものが混じっている。目はぎょろりとして、やたら口が大きくその中から乱杙歯《らんぐいば》が覗いている。

古紋付の羽織に縞《しま》の着物、腰に小脇差《こわきざし》を差している姿には浪人の趣《おもむき》が漂《ただよ》う。

「某《それがし》の顔に何かついておりますかな」

新兵衛は異相の男に見つめられ、少し気味が悪いといった表情で問い返した。

「これは御無礼……。某はこの辺りに住まいを致す者にござるが、三世相《さんぜそう》などいささか心得ており申してな」

「三世相……。して、何ぞ某の顔におかしな相が出ておりましたか」

「いや、おかしな相が出ていたわけではござらぬが……」

「何やら言いかけた上からは、某も気味が悪《あ》しい。構わぬ、見たままに申されよ」

新兵衛は少し言葉に怒気を交えた。

「ならば申し上げましょう。そこもとには〝女難《じょなん》の相〟が出ておりまするな」

「〝女難〟……？　これは好い……」

それを聞いて栄三郎が横で腹を抱えた。

新兵衛は、今ちょうど持て余し気味のお咲のことを考えていただけに、何ともおかしな具合になり、

「何がおかしい！」

と、栄三郎を睨《にら》んだ。

「お気に障《さわ》りましたのならお許し下され。某には、誰彼構わず相を見てしまう悪い癖がございましてな……」

恐縮する人相見の男に、

「我が友は、どのような〝女難〟に遭《あ》うのでござろう」

　自《みずか》らでは聞き辛《づら》いであろうと、新兵衛に代わって栄三郎が尋ねた。

「いや、〝女難〟と申しても邪《よこしま》なものではござらぬ。女子に惚《ほ》れられ付きまとわれるものの、そこには何やら頬笑《ほほえ》ましく爽《さわ》やかな風が吹いておりまする……」

「ふむ、ふむ、なるほど……」

「ただ御友人はうわついたことが大嫌いの由《よし》。余の者にとっては随分《ずいぶん》と羨《うらや》ましいことも迷惑でしかない。それゆえ、〝女難〟と申しました」

「おお、これは見事に当たっておりますな」

　仏頂面《ぶっちょうづら》の新兵衛の横で、栄三郎は無邪気な声をあげて感嘆《かんたん》した。

「色々と、お気をつけなされませい……」

　人相見の小男はもう一度、新兵衛の顔を見て低頭すると、足早に去っていった。

「何が色々か聞いてみようか……」

　それを呼び止めようとする栄三郎を、

「もうよい……」

　と、制して、

「おれは三世相など信じぬが、今日は〝そめじ〟で飯を食おう……」

やはり見事に言い当てられて、この後のお咲の来襲が気にかかるのか、新兵衛は栄三郎にそう告げると、いつものしっかりとした物腰で歩きだした。

「ふふふ、新兵衛の旦那《だんな》に〝女難の相〟がねえ……」

日も暮れ始めた居酒屋〝そめじ〟の店内に、お染《そめ》の快活な笑い声が響いた。

言うなと言っても栄三郎が黙っているはずはない。

〝女難〟を逃れてこの店に来たものの、件の人相見の男に占われたことをすっかり酒の肴《さかな》にされてしまった新兵衛であった。

「女将、もうその話はよいだろう」

顔をしかめつつ、栄三郎を睨《にら》みつける新兵衛に、

「好いじゃありませんか。〝女難〟といっても、頬笑ましくて爽やかな風が吹いているんでしょう。災い転じて福となす、なんて言うじゃありませんか」

と、お染が取りなせば、

「まったくだ。お染、お前うめえこと言うぜ。新兵衛、これは喜ぶべきもんだ。ようよう、いいねえ色男は……」

栄三郎は絶妙の間合《あい》で相の手を入れてくる。

こうなると武骨者の新兵衛は、何を言ってもこの二人にはからかいの種になることを知っている。

どうにも癪《しゃく》に障るので、ここは沈黙を貫《つらぬ》くしかないと、お染が拵《こしら》えた白魚《しらうお》を卵でとじた一皿を大盛りの飯の上にあけて、これを黙々と食べ始めた。

卵と白魚の甘みがほどよく溶け合い、少し落とした醤油《しょうゆ》が食欲をそそり、仏頂面の新兵衛の顔が綻《ほころ》んだ。

いかにもうまそうに且《か》つ旺盛《おうせい》に、出した料理を男に食われて嬉《うれ》しがらぬ女はいない。

お染は軽口をやめて、新兵衛が箸《はし》を使う様子を見てふっと頬笑んだ。

賑《にぎ》やかなお染を黙らせる新兵衛の食べっぷりを眺めながら、

――こんな調子で、お咲の前で干物も野菜も食ってやれば好いものを。

どこまでも己が生き方にこだわる奴《やつ》だと栄三郎は溜息《ためいき》をつきながらも、新兵衛といると友であることが誇らしくなる。

――まあ、冷やかしはこれくらいにしておこう。

新兵衛は白魚の卵とじで見事二人を黙らせて、

「それにしてもおかしな男であった……」

と、きれいに平らげた飯碗《めしわん》を小上がりの畳に置かれた折敷《おしき》に戻し、深川で出会った三世相に通じる男のことを思い出した。

「そういやあそうだな……」

これに栄三郎も大きく頷いた。

新兵衛に〝女難の相〟が出ているとの占いに食いついて大笑いしていた栄三郎であったが、考えてみればあの男――新兵衛の人となりもしっかりと言い当てていた。

「もしやそのお人は、坊主頭の小柄な御浪人では……」

その時、はたとお染が思いついた。

「ああ、そうだが……。お染、お前知っているのかい」

「きっとそのお人は、井口竹四郎《いぐちたけしろう》という旦那に違いないよ」

「さすがは染次姐《そめじねえ》さん、大したものだなあ……」

栄三郎は唸《うな》った。新兵衛はぽかんとしてお染を見ている。

かつては深川辰巳《たつみ》の売れっ子芸者――深川の名物は知りつくしているお染であった。

「深川じゃあ知る人ぞ知る風変わりな人だけど、占いはよく当たるんだよ……」

お染の話によると――井口竹四郎という男は、かつて中国筋の大名に仕《つか》える侍であったが、暦《こよみ》を学ぶうち陰陽道《おんみようどう》に関心を寄せ、そこから三世相を会得《えとく》するようになり、自分に他人の相を見て未来を予言する力が備わっていることに気づいたという。

しかし、平安朝の昔ならいざ知らず、天下泰平の徳川《とくがわ》将軍家御治政の下《もと》、このような能力を持つことはその異相なる風貌《ふうぼう》と相俟《あいま》って、いつか奸臣《かんしん》、佞臣《ねいしん》の誹《そし》りを受けることになりかねぬ――。そう思い立ち、自ら暇《ひま》を願い出て浪人となったのであるそうな。

「ほう、それはまた風変わりな男だな……」

新兵衛は少し気味悪そうに呟いた。

「それで今は、三世相を極《きわ》めながら浪人暮らしを送っているというわけか」

栄三郎が訊《たず》ねた。

「ああ、宮仕えの身では思うがままに人相見ができないと言ってね……」

とはいえ、誰彼なしに依頼を受けることはなく、気が向いた時しか人の未来を占うことはしないのだとお染は答えた。

「ということは、新兵衛の人相に井口殿はよほど心惹《ひ》かれたようだな」

「あい。しかもただで見てもらったとは、新兵衛の旦那はついていますよ」

お染はそう言うと、茶を淹《い》れに板場へと入った。

「新兵衛、そういうことだとさ……」

栄三郎は飯を食べ終えた新兵衛に、もう少し付き合えと、チロリの酒を注《つ》いだ。

新兵衛は勧められるがままにその酒を飲み干して、

「だが、やはりおれは三世相など信じぬよ……」

と、まるで興味がないと吐き捨てた。考えてみれば、お咲の存在を〝女難〟と言ってはお咲があまりに哀れではないかと、何やら切なくなってきたのである。

差し入れた干物と野菜を自らが料理してさしあげようと、お咲は日が暮れ始めた頃、何度か新兵衛の浪宅を覗いたのではなかったか――。

そう思うと胸が痛かった。

「何がついているだ。井口竹四郎め、人相を見てくれなどと頼んではおらぬというに、余計なことをしよって……」

怒ったように一杯酒を注いで飲み干す剣友の心の内が、手に取るようにわかる栄三郎は、

「まあ怒るな新兵衛。おもしろがっちゃあいるが、おれも三世相など信じてはおらぬよ。いささか気は進まぬが、近いうちにお前の家に押しかけて、干物を頂くことにするか……。さあ飲め……」

さらに一杯、チロリの酒を注いだ。

二

その翌日のこと。

松田新兵衛は、早朝から浅草馬道《うまみち》にある気楽流・絹川《きぬかわ》道場で稽古に励んだ後、久しぶりに以前何度か出稽古《でげいこ》に通ったことのある小野《おの》派一刀《いっとう》流・木田《きだ》道場を訪ねてみようと田原《たわら》町へと向かった。

この日も江戸は快晴で、暖かな日射しが降り注《そそ》いでいた。

朝のうちに心地《ここち》好い汗をかいて心身共に充実した新兵衛は、昨日の占いによる〝女難の相〟の一件などすっかり忘れて、浅草《せんそう》寺門前の広小路をゆったりとした足取りで歩んだ。

この日和《ひより》に浮かれて、浅草寺参詣《さんけい》の後、墨田堤《すみだづつみ》へ梅見に出かけようというのであろうか、広小路は多くの人で賑《にぎ》わっていた。

どこかの講中《こうじゅう》と思われる一団が行く手から現れて、一瞬新兵衛は人込みに呑《の》み込まれた。

その時である――すれ違う通行人の手がするりと新兵衛の懐《ふところ》に差し込まれたかと思うと、その細長い二本の指が見事な早業《はやわざ》で彼の紙入れを外へ引っ張り出そうとした。

紛《まぎ》れもない掏摸《すり》の名人芸であった。

余の者であれば、まんまと紙入れを奪われたであろう。

しかし掏摸は明らかに狙《ねら》う相手を間違えた。

日々の暮らしを鍛錬《たんれん》と位置づけ、明日死ぬやもしれぬ剣客《けんかく》の覚悟を忘れず、可《か》憐《れん》なる娘・お咲の求愛にも一線を画す松田新兵衛である。

その懐を狙おうなどとは何たる無謀か――。

掏摸の二本の指は、新兵衛の紙入れを挟んだまま、大きな新兵衛の手に懐の内で摑まれてしまった。

その二本の長い指の主は女であった。

齢《とし》の頃は三十の手前。

小股の切れ上がった、いかにも勝気そうなそれ者風《しゃ》――潰《つぶ》し島田《しまだ》に珠《たま》の簪《かんざし》が光っている。

「腕試しか……」

新兵衛は女の耳許《みみもと》で静かに言った。

「下らぬことはよせ」

掏摸を捕らえたと騒がず、落ち着き払って語りかける新兵衛に気を呑《の》まれ、女は声が出ぬ。

その間も新兵衛の温かい手は、ひやりとした女の指を温めつつ、しっかりと握って離さない。

気がつけば、身を寄り添うようにして、女は道端の茶屋に立てかけられた葭簀《よしず》の陰に引き寄せられていた。

「負けたよ……」

やっとのことに女掏摸はポツリと言った。

新兵衛に言われた通りであった。

決して懐が温かそうでない剣客を狙ったのは、このいかにも強そうな男にいくら剣が遣えても自分の掏摸の技には敵《かな》うまい、世の中には気をつけなければならないことがあると教えてやろう――そんな驕《おご》った思いからであった。

時折、命がけの腕試しをして己が掏摸の腕を確かめる。それが女掏摸の身上なのである。

だが、悪い女であっても、その度胸は大したものだと新兵衛は思った。

「番屋に突き出すなり、好きにするがいいよ……」

と観念した女に、

「腕試しに負けたからには、お前も潔《いさぎよ》くこの先二度と人の懐を狙うな。よいな……」

と、低い声で言い放った。

女は美しく整った眉《まゆ》と眉の間を歪《ゆが》めて、少しばかり思い入れの後、

「わかったよ……」

と、掠《かす》れた声で応《こた》えた。

その刹那《せつな》、新兵衛の懐の内で女の二本の指は解き放たれた。

「この次、人の懐を狙っているのを見たら、その腕を斬り落とす……」

新兵衛は女掏摸をぐっと睨みつけた後、

「だが、おれもお前のお蔭《かげ》でいい腕試しができた……」

今度は穏《おだ》やかな口調でそう告げると、何事もなかったように歩きだした。

呆然《ぼうぜん》とその場に立ち竦《すく》み、女はしばし新兵衛を見送ったが、やがて彼女の傍《そば》へまだ二十歳《はたち》を過ぎたくらいの若い男が現れて歩み寄った。

「姐《ねえ》さん、御無事で……」

どうやら男は女掏摸の乾分《こぶん》のようだ。

「兎吉《うきち》……、見ての通りだよ。珠《たま》かんのお蔦《つた》も焼きが回ったもんだ」

命ばかりはとられずに済んだが、長年鍛《きた》えた掏摸の技がまったく歯が立たず、悔しくて仕方がないとお蔦は言った。

「今はたまたま間が悪かっただけのことでさあ。姐さんがあんな素浪人に後《おく》れをとるなんて考えられもしませんや……」

この兎吉という若い男は、珠かんのお蔦に心酔しているようだ。そして、下手《へた》に動けば騒ぎが大きくなると、今の新兵衛とお蔦の成り行きを傍観していたが、掏摸をやめぬと片腕を落とすと、お蔦が強く窘《たしな》められたとは知る由もない。

「姐さん、あの野郎をこのままにしてはおけませんぜ」

身をもって松田新兵衛の怖さを体感していない兎吉は、どこまでもお蔦の負けを認めたくない。

若い兎吉の勢いに、牙《きば》をもがれ爪をむかれた獣《けもの》のように立《た》ち竦《すく》んでいたお蔦に生気が戻った。

「畜生《ちくしょう》……、あの浪人……」

お蔦は絞《しぼ》り出すように恨《うら》みの言葉を発すると、敢然《かんぜん》と人込みにその身を投じた。

向かうは松田新兵衛が辿《たど》る道——兎吉は、そうこなくてはと勇み立ち、お蔦に付き従ったのである。

さて、松田新兵衛はというと——。

掏摸の二人が自分の後を追っていることなど知るや知らずや——相変わらず悠《ゆう》然《ぜん》たる足取りで道を行く。

浅草寺門前の広小路から田原町までは目と鼻の先だ。

木田道場は一丁目で、神明《しんめい》の社《やしろ》の向かいにある。

師範の木田忠太郎《ちゅうたろう》は初老の剣客で、温和で万事慎《つつ》ましやかな人柄が受け入れられ、このところ旗本家への出稽古も増えている。

新兵衛とて近頃では旗本三千石《ごく》・永井勘解由邸での出教授もすっかりと指南ぶりが板についてきたとはいえ、熱血が過ぎて気がつけば弟子が誰もついてきていない——そんなこともしばしばである。

剣術の師・岸裏伝兵衛《でんべえ》はこのところまた旅に出ていて、新兵衛は指南の心得を少しでも木田忠太郎から教わることができればと、訪ねるつもりであった。

何かを思ううちに道場の門が見えてきた。

稽古が一段落ついたのであろう。道場から稽古帰りの若い門人達がぞろぞろと出てきた。

すると、身形《みなり》も粗末な貧乏御家人か浪人者の息子と思われる一人の周りを、他の門弟達が取り囲む様子が見えた。

「おい、貴様、このままで済むと思っているのか」

「弘太朗《ひろたろう》様が手加減をして下さったのをわからぬとはたわけた奴め」

「あのように不意に打ちかかるとは卑怯《ひきょう》であろう！」

若い武士達は口々に一人を詰《なじ》った。

詰られている一人は何も言い返せず、口を真一文字に結んで罵倒《ばとう》に堪《た》えている。

それを冷ややかに見ている若い武士が〝弘太朗様〟であるようだ。

周囲の若い武士達と比べると、着ている物が明らかに華美であるし、家士と思われる年嵩《としかさ》の武士に付き添われているところを見ると、さぞや大身《たいしん》の旗本の子息と思われる。

新兵衛が見るに、今日は木田忠太郎の出稽古先の若殿が取巻きを引き連れて稽古に来たのであるが、木田道場の門人に手もなく稽古で叩《たた》き伏せられた——。

それを見た取巻きが弘太朗の機嫌を取り結ぼうと、道場を出たところで叩き伏せた相手を待ち伏せ、数を頼みに難癖をつけているのであろう。

——破落戸《ならずもの》めらが。

新兵衛は胸糞《むなくそ》が悪くなった。

弘太朗の父親は公儀の要職に就《つ》いていて、その部下である官人の子弟達が、家の安泰を思い、弘太朗に媚び諂《へつら》っているに違いない。

それだけなら気持ちもわからぬではないが、剣術道場における正当な稽古の結果に対して、かくも恥知らずな言いがかりを道場の外でつけるとは何事であろうか。

取巻きも醜《みにく》いが、連中のあからさまな追従《ついしょう》を見過ごし、自らも稽古での遺恨《いこん》を晴らそうとしている弘太朗も醜い。

さらに、若年《じゃくねん》の弘太朗の供を命じられながらこれを諫《いさ》めようともせず、同じように若殿の傍へ立ち、薄ら笑いを浮かべている家士などはどうしようもない。

「おい、貴様、己が卑怯であることを認めろ」

「手加減をして下さった隙《すき》をついて、汚い技で打ちかかったことをお詫《わ》びしろ！」

取巻きは嵩《かさ》にかかって一人に絡《から》む。

「おぬしは弘太朗様がどのような御方かわかっておるのか」

「どこの小普請《こぶしん》の家の者か知らぬが、身の程を知るがよいぞ」

ついには供の家士までが雑言《ぞうごん》を放ち始めた。

松田新兵衛の正義感がついに怒りの炎となって噴《ふ》き出した。

「見苦しい真似《まね》はよせ！」

気がつくと、ずかずかと歩み寄り、仁王《におう》のごとき雄々《おお》しい声で一喝していた。

俄《にわか》に現れた剣客風の男に気を呑まれる一同であったが、若君・弘太朗の前では黙っているわけにもいかず、

「なんだお前は……」

年嵩の家士が居丈高《いたけだか》に言い放ち、

「いったい、どなた様の御前と心得るか！」

と、新兵衛の前に立ち塞《ふさ》がった。

「どれほどの御方の前かは知らぬ！」

新兵衛は取巻きどもをぐっと睨み返してさらに叱《しか》りつけた。

「見れば、剣術稽古の意趣を晴らさんとして、大勢で一人をいたぶり嘲《あざけ》るとは真《まこと》にもって呆《あき》れ返ったる振る舞い。しかも剣術道場の外で斯様《かよう》な仕儀に及ぶとは、剣の師の教えを汚すに等しい。恥を知れと言っているのだ！」

こう言われては年嵩の武士は一言もない。

だが、言われっ放しでは終われない。

剣術自慢の若殿・弘太朗は、名もなき軽輩の武士の息子に後れをとった恥辱が内心渦巻いていて、今改めて〝恥を知れ〟と叱責されたことが腹だたしく、たちまち頬を紅潮させた。

こんな時は、通らぬ理屈を無理に通してでも、若殿の機嫌をとることこそが臣の務めと思っている輩《やから》である。

「偉そうな口を利く前にまず名を名乗るがよいぞ」

と、新兵衛に詰め寄った。

取巻き達もこれに助勢して取り囲んだ。

高貴な者の前で名を名乗れと言われれば怯《ひる》むに違いない。

新兵衛の物腰、語気の強さからして、相当遣う奴だと思ったようだが、家士は三名、取巻きの若い剣士は五人いる。力の上からも優位を疑わぬたわけ者達であった。

「気楽流剣術指南・松田新兵衛……」

新兵衛はあっさりと名乗って連中を見廻《みまわ》し、

「こちらが名乗った上からは、そちらも名乗らずばなるまいが、このような醜《しゅう》態《たい》をさらした上に、一介《いっかい》の浪人風情《ふぜい》にそれを窘められたとあっては御家の恥となろう。武士の情けによって聞かぬゆえ、早々にこの場を立ち去るがよい」

さらりと言ってのけた。

「おのれ小癪な奴め！」

ついに〝弘太朗様〟が叫んだ。

まだ十六、七の頼りない体格を震わせて、

「思い知らせてやれ！」

と、供侍から己が木太刀《きだち》を受け取ると、周囲に顎《あご》をしゃくった。

「おのれ！」

家士の二人が手にした木太刀で、もはや問答無用と新兵衛に打ちかかった。

「馬鹿者!」

新兵衛は一人の一撃をさっとかわすと、今一人の懐に入って鳩尾《みぞおち》に拳《こぶし》を突き入れた。

「うッ……」

へなへなと座り込むそ奴の木太刀はたちまち新兵衛の手に移っていて、早くも初太刀を打ちこんだ一人の小手をしたたかに打っていた。

右の手首を痛打されて家士は叫び声をあげ、腕を押さえてのたうった。

「泣くな! 骨は折れておらぬ……」

新兵衛はこれに一声かける余裕を見せ、

「さあ、かかってこい!」

と、残るたわけ者達に向かって平青眼《ひらせいがん》に構えた。

圧倒的、段違いの強さを見せつけられて、元より数頼みの連中はこうなるとまるで意気地《いくじ》がない。機先を見事なまでに制されてすっかり腰砕けとなった。

「かかってこぬならこちらから参る……」

新兵衛は木太刀を構えたまま身動きできない若い剣士達につつッと歩み寄る

と、右に左に体《たい》をさばき、たちまちのうちに肩、足、腕、背中と軽く打ち据《す》えた。

軽くとはいえ、新兵衛が木太刀に込めた怒りの技は、おべっか使いの若者達の戦意を削《そ》ぐに充分な痛みを与えた。

「あ、あ……、寄るな、寄るでない……、下郎めが……」

取巻きに向かって、

「思い知らせてやれ！」

と号令を発した〝弘太朗様〟は、あっという間の思わぬ展開に完全にうろたえて、ただ一人無傷である家士の陰に隠れて情けない声を発している。

「お、おのれ、後悔するぞ……」

護る家士は初めに新兵衛に詰め寄った男で、もう自棄《やけ》になり、木太刀を捨て腰の大刀に手をかけた。

「往来で刀を抜く奴があるか」

抜いては恥の上塗りだと、新兵衛は目にも留まらぬ早業でこの家士の右腕を叩いて封じ、

「ええい！」

と凄《すさ》まじい気合もろともに、〝弘太朗様〟の頭上に木太刀を振り下ろした。

「うッ……」

今にも失神しそうな若殿は硬直したまま動けない――。

新兵衛の手にした木太刀は、彼の面上すれすれにぴたりと止まっていた。

「おぬしがどれほどの御方の御子息かは知らぬ。だが、いずれ人の上に立たねばならぬ者が、衆を頼んで人を嬲《なぶ》り、意見をされたら逆上し、狼藉《ろうぜき》を働く……。そんなことで好いのかよく考えることだな」

新兵衛は穏やかに諭《さと》した。

しかし、この驕《おご》れる〝弘太朗様〟の耳には、恐怖と屈辱で新兵衛の言葉など何も入らない。

我が身が無事であることを知るや、泣き声を発し、その場から逃げ出した。

新兵衛は打ち据えながらも手加減している。

家士も取巻きも痛みを堪《こら》えながら後に続いた。

新兵衛があまりにも一瞬にして連中をやりこめたので、野次馬がたかる間さえなく、通りすがりの人々は道端に寄りながらこの一群に怪訝《けげん》な目を向けてやり過ごした。

道場に居残って稽古をしていた門人達が何事かと出てきた時には、もう門前に人の気配はなかった。

このまま道場を訪ねて迷惑がかかってもいけないと思い、新兵衛は逃げ去った連中に嬲られていた若き門人が感激の面持《おもも》ちで礼を述べるのへ、

「今日のことは、おぬしも家のことを考えたのであろう。恥じずともよろしい。ただ、連中がおぬしに逆恨みをするやもしれぬ。木田先生にありのままを話し、お指図に従うようにの。先生のことだ、悪いようにはなさらぬはず」

と助言して、自分もまたさっさと立ち去ったのである。

――少しやり過ぎたか。

新兵衛はゆったりと歩きつつ、苦笑いを浮かべた。

「新兵衛、お前の言うこととすることはどれも正しい。だが、正しいことがそのまま罷《まか》り通らぬのが世の中だ。正しいことを為《な》す時ほど工夫がいるのだ……」

親友である秋月栄三郎が見ていたら、きっとこう言って呆れたように笑うことであろう。

あれは相当大身の旗本の息子であったに違いない。それをあのように懲《こ》らしめるなど後難必至ではないか。

まして新兵衛は、気楽流剣術指南・松田新兵衛だと名乗ってしまっている。それでも、やはり自分は間違ったことはしていない。あの状況を見過ごしにできるものか。

連中が仕返しに来るならそれもよかろう。

〝願わくは我に七難八苦《しちなんはっく》を与えたまえ〟

かの戦国の豪傑・山中鹿之介《やまなかしかのすけ》は、こう三日月《みかづき》に祈ったという。

新兵衛はこの言葉が好きであった。

山中鹿之介のような境地でいられることができたらどれほどよいか——この天下泰平の世にあって、そんなことを考えている松田新兵衛である。

その足取りに重たさはない。

そして、先ほどから新兵衛の後をつけていて、彼の強さ優しさに触れ、圧倒されている男女の二人組があった。

掏摸の女・珠かんのお蔦と、その乾分・直走《ひたはし》りの兎吉である。

掏摸の意地も矜持《きょうじ》もずたずたにされたお蔦は、兎吉を従えて憎い剣客の正体をつきとめてやろうとここまで後をつけてきた。

しかし、剣術道場の前で窺《うかが》い見た剣客の圧倒的な強さは神の域と思われた。

そして、見るからに身分の高そうな若侍を、大勢の取巻きがいるにもかかわらず叱責した胸のすくような俠気《きょうき》には思わず見入ってしまったし、気がつけば心中で快哉《かいさい》を叫んでいた。

剣客は気楽流を遣う松田新兵衛と名乗りをあげた。その名はお蔦の心の内に深く刻まれた。

その後、何事もなかったかのように、また悠然と歩きだした新兵衛の後を、お蔦はただ無言でつけた。

それは兎吉も同じであった。

心酔するお蔦は女ながら度胸も気風《きっぷ》も、親分と呼ばれる男達に何のひけもとらないお姐《あねえ》さんである。

掏摸の腕もそんじょそこいらの奴らとは比べものにならない神業《かみわざ》であった。

そのお蔦がいとも簡単に懐へ入れた指を押さえられ、子供の悪戯《いたずら》を諭すようにあしらわれたとは、どうしても認めたくなかった。

居所をつきとめてやろうと行方《ゆくえ》を追ってきたが、松田新兵衛という武士は兎吉ごときが口に出すのも憚《はばか》られるような恐るべき男であった。

「あの野郎をこのままにはしておけませんぜ……」

という先ほどの意気込みもすっかり消沈して、お蔦の邪魔にならぬように新兵衛の後をつけている。

松田新兵衛はしっかりとした足取りで、浅草御門を抜け、馬喰《ばくろ》町の通りを経て、日本橋通へと出た。

二人は気づかれぬよう注意深く後をつけた。

兎吉は時折、少し離れて道行くお蔦の顔を窺い見た。

そこにはいつものような、口許に笑みを湛《たた》えて、ちょっと男勝《まさ》りな風情のお蔦は見られなかった。

何か思い詰めたような憂《うれ》いが漂《ただよ》い、兎吉は初めてお蔦の艶《なまめ》かしい女の姿を見たような気がした。

まるで後ろを見向きもしない新兵衛との間合は、自然と狭められていった。

それが南三丁目の角《かど》を西へ回った時――。

新兵衛が曲がり角の向こうから、にゅッとお蔦の前に姿を現した。

「御苦労だったな……」

そして新兵衛は小さく笑うと、再びお蔦に背を向け、少し先の表長屋の一軒に入った。

後をつけられていることを知りながら、これを撒《ま》こうともせずに、何のためらいもなく自宅へ入るとは何と剛胆なことであろう。

もはや自分に害を為すことはなかろうと、お蔦を見たということか――。

豆腐屋の向かいの家へ入っていく松田新兵衛を、お蔦は虚仮《こけ》のように見つめるばかりであった。

「姐さん……」

兎吉はお蔦を労《いたわ》るように傍へ寄って様子を窺った。

「兎吉……。あたしはもう足を洗うよ……」

ポツリと言ったお蔦の目には、夢を見ていた小娘の頃の望みの光が宿っていた。

三

「先生！　大変です、すぐにお越し下さい！」

手習い道場に田辺屋の箱入り娘にして、秋月栄三郎の優秀なる剣の弟子・お咲がとびこんできた。

「おい、何だ、どうしたんだ、こんな時分に……」

手習い師匠を務める栄三郎は、きょとんとしてお咲を見た。

手習いは今しも始まろうとしていて、手習い子達は元気にはしゃぎ、文机《ふづくえ》を並べる又平に促《うなが》されて今やっと席に着いたばかりであった。

そこへお咲が駆けこんできたものだから、皆一様に口を噤《つぐ》んで目を丸くしたものだ。

「お越し下さればわかります。まずお付き合い下さい！」

お咲は相当取り乱している。

「お咲、落ち着け。これから手習いがあるのだ。後にしてくれぬか」

「そんな悠長なことを言っている場合ではありません。皆で勝手に素読でもしていればよいではありませんか」

「おいおい、無茶を言うな。だからいったい何があったのだ。まずそれを言え」

「今ここで申し上げたくありません」

お咲は何が何でも栄三郎を連れていく気構えを見せて子供達を見回すと、

「皆、又平さんに湊稲荷《みなといなり》のお社さんへ連れていってもらいなさい。今日は大きな弁才船《べざいせん》が通るそうよ。そこでお団子でも食べるといいわ！」

「おい、お咲ちゃん待ちなよ。おれが連れていくのかい？」

「いいから又平さん、これでお願い！」

お咲はさっと綴錦《つづれにしき》の紙入れから小粒を取り出し、子供達に見せびらかしつつ又平に渡した。

「わぁッ！　弁才船だ、お団子だ！」

こうなると子供達は大はしゃぎで又平の周りに集まって、もう収拾がつかない。

行動力が豊かで心優しき娘ながら、大店《おおだな》のお嬢様育ちで随分とわがままな一面を持ち合わせていたお咲も、剣術に打ちこみ二十歳となって、このところはすっかり大人の女に成長していたはずであった。

それが何とも今朝は騒々しく強引である。

「仕方がねえなあ……」

栄三郎は又平に子供達を頼むと目で言って、

「どこへ行きゃあいいんだよ……」

お咲と連れ立って外へ出た。

顔をしかめながらも、久しぶりに見せるお咲のわがままがどことなく懐《なつ》かしく、この美しい愛弟子の願いを聞かずにはおられぬ栄三郎であった。

「さあ、何があったか聞かせておくれ……」

又平を先頭に湊稲荷へと繰《く》り出す手習い子達の歓声を背後に聞きながら、栄三郎はお咲に問うた。

「それが……」

やっと栄三郎に話せると思うとほっとしたのか、お咲は泣き顔になって信じられないことを告げた。

「新兵衛様の家に、女がいるのです……」

「何だって……?」

栄三郎はぽかんと口を開けてふっと空を見上げたが、

「馬鹿馬鹿しい。そんなことがあるわけないだろう。はッ、はッ、わかったぞ。田辺屋殿と父娘《おやこ》でおれを担《かつ》ごうってんだな。手習いをほったらかしてまでこんなことを……。ちょいと悪ふざけが過ぎやしないかい」

と、すぐに笑いだした。

「悪ふざけなんかではありません！」

お咲の泣き顔はすぐに怒り顔へと変じた。

三日前のこと。

お咲は田辺屋へ取引先から届けられた干物と野菜を新兵衛の家へ御裾分《おすそわ》けに出向いた。

新兵衛はちょうど出かけるところで、これをありがたく受け取り、今宵《こよい》たっぷりと頂こうとお咲に頰笑み別れたという。

「だからわたしは、料理してさしあげようと夕べに何度かお宅を訪ねてみたのですが、新兵衛様は一向にお帰りになる御様子はなく、その日はどこかで御食事を済ませてお帰りになるのであろうと諦《あきら》めて帰ったのでございます」

「そうか、それは怪《け》しからんな。新兵衛の奴、せっかくお咲が世話を焼いてくれようとしていたのにどこをほっつき歩いていたんだ……」

栄三郎は顔をしかめてみせたが、その日は〝取次屋〟の用に新兵衛を付き合わせた日で、井口竹四郎なる三世相の浪人に〝女難の相〟が出ていると占われたことで、二人で〝そめじ〟に行っていた。

――やはりお咲は新兵衛の家を訪ねていたのだ。

新兵衛はお咲と家で二人きりになるのがどうも居心地が悪い、栄三郎は栄三郎で、新兵衛の頼みを聞いて新兵衛の新居に一緒に行って、お咲に気の利かぬ男だと思われるのが嫌である。

そんなわけで、二人で〝そめじ〟に行ったのだが、今、何も知らぬお咲から訴えられると内心気まずかった。

お咲は独身の男の家を頻繁《ひんぱん》に覗いてははしたないと、この二日は辛抱をして、今朝早くに干物と野菜で朝御膳を拵えてあげようと再び新兵衛の家を訪れた。

自分との仲が少しでも深まるようにと、剣の師である秋月栄三郎がうまく立廻ってくれて、田辺屋からほど近い表長屋に愛しい新兵衛は越してきた。

それによって、以前に増して新兵衛と会える機会が増えた。そろそろおしかけ女房よろしく、少しずつでも新兵衛の身の回りの世話ができたらと思い始めていたお咲であった。

「お咲……、おぬしがこれほどにうまい味噌汁《みそ》を拵えるとは思ってもみなんだぞ……」

「新兵衛様に食べて頂こうと、あちこちの料亭を回り、修業を致しました」

「この新兵衛のためにそれほどまでして……」

「今は魚を捌《さば》くために、魚河岸《うおがし》に修業に出ております」

「お咲……。嬉しく思うぞ……」

「新兵衛様……」

田辺屋からの道すがら、お咲の妄想は膨《ふく》らむばかりであった。

そうして、新兵衛の家をそっと窺ってみると、すでに新兵衛は広い土間の向こうの六畳の間に座って朝餉《あさげ》を摂《と》っている。

さらに驚くべきことに、新兵衛の前には重箱に入れられた煮染《にしめ》が置かれてあり、その横にはまだふんわりと湯気が立つ握り飯が皿に載っていて、美しい年増《としま》女《おんな》が一人、甲斐甲斐《かいがい》しく給仕などしているではないか――。

「このようなことは困る、帰ってくれ」

かすかに新兵衛の声が聞こえた。

「嫌ですよ。あたしは殺されたって旦那の傍にいさせてもらいますからね」

歯切れの好い、少し嗄《しやが》れた声が色気のある、女の返事がそれに続く。

お咲はすっかり動顛《どうてん》し、体が震えた。

「新兵衛様！　何ですこの女《ひと》は……」

そう言って踏み込んでやろうかと思ったが、カーッと頭に上った血は煮えたぎり、何をしでかすかわからぬ自分がいた。

「そうか……。それでお咲はまずおれに会いに来たのだな」

栄三郎はお咲から話を聞いて興奮気味に訊ねた。

松田新兵衛とは長い付き合いだが、こんな浮いた話は初耳だ。

「先生なら、あの女の人がどういう人かご存じかと思いまして、まず見て頂こうかと……」

もしも新兵衛と何か因縁《いんねん》のある女であれば、無闇に乗り込んではしたない真似をしてはいけないと思ったのだ。

「偉いぞお咲。よくぞ堪えて分別したものだ。だがおそらく、いや必ずその女は新兵衛と深い関わりなどないはずだ」

「では、新兵衛様はおかしな女に付きまとわれていると……」

「そうかもしれぬな。あいつはあれで女子供には弱い。付きまとわれたら叩き出すこともできずずるずると……」

「ずるずるはいけません！」

「大きな声を出すなよ……」

あれこれ話しながら、栄三郎とお咲が日本橋通南三丁目の新兵衛の家に行ってみると、

「来るなと言っても、また来ますからね……」

という、ちょっと嗄れた女の声が聞こえてきたかと思うと、家の中からお咲が言っていた美しい年増女が出てきた。

「あの女《ひと》です……」

お咲は栄三郎に呟くように言った。

栄三郎は女の人相を確かめたが、やはり見覚えがなく、栄三郎はお咲に首を横に振ってみせた。

女は、ちらりとお咲を睨むように見た。

お咲も負けじと見返した。

栄三郎には二人の女の視線が一瞬火花を散らしたかのように見えた。

――又平を連れてくればよかった。

栄三郎はほぞをかんだ。

「小娘が何の用なんだい……」

と、まったく相手にもせずに足早に去っていった女の後をつけさせればよかったものを――。

女にすかされたお咲は闘争心がめらめらと湧《わ》いてきたのであろう、彼女もまた女を無視して表の戸を開けて、つかつかと新兵衛の家へと入った。

栄三郎もこれに続く。

「松田先生……！　新兵衛様……！」

お咲は今出ていった女が持ってきたのであろう握り飯を頰張る新兵衛を見て、訴えるように言った。

「今出ていった女《ひと》はいったい誰なのですか。どのような御方なのでございますか……」

「新兵衛、お咲が得心する返事をしろ。さもなくば許さぬぞ。まさか、ずるずるではないだろうな……」

栄三郎が続けた。

新兵衛は何やらうんざりとした顔で二人を交互に見て、

「朝からいったいどうした。何がずるずるだ……。まず、二人とも家へ上がってこれを食べるのを手伝ってくれぬか」

と、溜息交じりで応えた。

栄三郎とお咲は顔を見合って頷き合うと、新兵衛がいる一間に二人で上がって、

「新兵衛、まずお咲の問いに答えろ。今の女だな、この煮染と握り飯を持ってき

たのは……」

「名は何と申されるのです？」

さらに問い詰めた。

「おぬし達は何か思い違いをしてはおらぬか。今のはお蔦といって、一昨日《おととい》通りすがりに出会っただけの女だ」

新兵衛は二人の邪推に気がついて、いつもの怒ったような口調となった。

「通りすがりに出会っただと？」

「どうして通りすがりに出会っただけの女が、こんな朝早くからここで朝餉のお仕度《したく》をしているのです」

しかし、栄三郎とお咲も追及の手を緩《ゆる》めない。

「もしや新兵衛、あの女、昨夜のうちからずるずると……」

「ずるずるはいけません！」

「いい加減にしろ！」

新兵衛はついに仁王のごとき声をあげた。

「おぬしらは、おれがどういう男かを一番よく知っているであろうが……」

「まあ、そのつもりだが……」

頷く栄三郎の横で、

「わたしはそれほど知っておりません……」

お咲はちょっと拗《す》ねたように俯《うつむ》いた。

「おぬしら二人にはすべてを話すゆえ、ようく聞くがよい……」

新兵衛は再び大きな溜息をついた。

四

珠かんのお蔦は親の代からの掏摸である。

お蔦の父親は〝笄《こうがい》の半四郎《はんしろう》〟という掏摸の親分で、大身の武士から刀装具である笄を抜き取るという妙技の持ち主であることからその名がついた。

暮らしに困るような者の懐は決して狙わず、行き場のない孤児を引き受けて掏摸に育てた。

心底惚れて足抜けさせた女郎との間に出来た娘がお蔦で、半四郎の反対を押し切って自らも掏摸の道に入ったお蔦は、半四郎の死後跡目を継いだ。

掏摸の腕にかけては男にも引けはとらなかったし、誰よりも義俠心《ぎきょうしん》を持ち合わせているお蔦であったが、女の身で掏摸の一家を仕切ることはできず、一時は二十人からいた乾分《こぶん》達も散り散りとなり、今では半四郎に拾ってもらった恩を忘れぬ直走りの兎吉ただ一人だけとなってしまった。

だが、腕のいいお蔦はそれが気楽だ幸いだと、兎吉一人を従えて掏摸稼業に励んでいた。

そして一昨日――いかにも強そうな剣客風の松田新兵衛の懐を狙ったのが運の尽きとなってしまった。

一度たりとも仕損じがなかったお蔦の指をいともたやすく懐の内で取り押さえるなど、常人にできることではなかろう。

そのような男の懐を狙ってしまったのは、真に運が悪かったとしか言いようはないが、お蔦は時が経《た》つに従って、それが天に与えられた運命的な出会いであったのだと思い始めた。

勝負に負けた上からは潔《いさぎよ》く、この先二度と人の懐を狙うなと諭され、この次見たら、

「その腕を斬り落とす……」

と脅された時は口惜《くや》しかった。

「わかったよ……」

と、思わず頷いてしまった自分が情けなかった。

しかし、新兵衛憎さに後をつけるうち、お蔦の心の内に不思議な感情がもたげてきたのである。

それは、男なんかに負けるものかと突っ張って生きてきたお蔦が初めて覚える男への恋情であった。

二十八になる今まで、男を知らぬお蔦ではなかったが、その男達の誰にもお蔦は我が身から惚れたことはなかった。

もてる男が女を抱いてやるのと同じ気持ちで、肌を合わせたことがあるに過ぎない。

そんなお蔦の右手の二本の指に残る強い男の手の温《ぬく》もり――それが男をつける足取りを、獲物《えもの》を狙う獣の殺伐《さつばつ》さから、想い人を追う女の切ないものへと変えていった。

そして見た、あの道場前での大立ち廻りと義俠心に溢《あふ》れた男の信念と優しさ――お蔦ははっきりと松田新兵衛に惚れてしまった自分をこの時確信したのである。

新兵衛はさらに、お蔦と兎吉が自分をつけていることを知りながら、させるがままにした後に、

「御苦労だったな……」

と言い置いて堂々と自宅に入っていった。

これほど豪快な男がこの世にいようか。

お蔦はすっかり惚れてしまった男への恋の証《あかし》にと、まず約束通りに掏摸から足を洗うことを誓ったのである。

姉のように母のように忠誠を誓ってきた乾分の兎吉も、松田新兵衛の姿を見ては、もうお蔦には何も言えず、自分も掏摸から足を洗います、この先は幸せになっておくんなさいと言ってお蔦と別れたのであった。

「さて、どうしてくれようか……」

懐の紙入れを抜き取ろうとして、かえって男に女心を抜き取られてしまったとは悪い冗談である。

親の代から研磨した掏摸の技を捨てろというからには、この身をどうしてくれるというのだ。

お蔦はその日の内に新兵衛の家からほど近い、本材木町《ほんざいもく》五丁目にこざっぱりと

した仕舞屋《しもたや》を見つけ、ここを根城に新兵衛の家に頻繁に押しかけるようになった。

「旦那はあたしに足を洗えと言った。あたしはきっぱりと掏摸をやめて旦那のお言葉に従いました……」

新兵衛がお蔦をやりこめたその夜。

早速お蔦は押しかけてきて、女らしく新兵衛の前に畏《かしこ》まった。

「そうか、それは何よりだ。偉いぞ。おぬしほどの度胸と美しさがあれば、真っ当に暮らしていけるはずだ」

突然の訪問と、しおらしいお蔦の態度に面喰《めんく》らいながらも、元来人の好い新兵衛はお蔦の言葉に嘘《うそ》はないと見て、優しい言葉をかけたものだ。

するとお蔦は、今日一日の思いの丈を述べ、掏摸はやめるが今まで真っ当に生きてこなかった自分には、この後どうして暮らしていけばよいかがわからない。この上は旦那の傍に仕えて、あれこれと教えてもらいたいと言って、身の回りの世話をし始めたのだ。

「それは困る。おれに構うな。出ていってくれ……」

堅物《かたぶつ》の新兵衛はとにかくその夜はお蔦を追い出した。

しかし、翌朝また、お蔦は家で仕込んだ弁当持参でやって来て、

「旦那、あたしに掏摸をやめろと言っておいて、その後の生き方を何も教えてくれないとはあんまりじゃあありませんか。これではあたしはまた、前の稼業に戻るしか道はありません」

「馬鹿なことを言うな」

「それとも、あたしみたいな一度過ちを犯した女は死んだ方がよいのでしょうか。いっそこの珠の簪《かんざし》でひと思いに喉《のど》を突いて……」

「無茶をするな！」

「ならせめて、旦那のおさんどんくらいはあたしにさせておくんなさいな……」

そうするうちに、自分にも真っ当な暮らしができるようになるはずだと、お蔦は当惑する新兵衛に迫ったのである。

「まあ、それで、どう扱えばよいか困っているというわけだ……」

松田新兵衛は、お蔦が今朝この家に来ていた理由を、一昨日からの経緯と共に秋月栄三郎とお咲に語った。

お蔦は、新兵衛に惚れるまでの心の動きまでは詳しく新兵衛に語らなかったも

のの、おさんどんにやって来た時に、自分の出自についてはあれこれ打ち明けていた。

「う〜ん、これは難しいな。無下《むげ》にはねつけて自棄を起こされても困る……」

栄三郎は親友の危急を思い腕組みをした。

「真に困った……」

これはもう栄三郎に相談するしかないと思っていた新兵衛は神妙に頷いたが、

「だが新兵衛、とにかくお前は道を踏み外した一人の女を真っ当な道へと導いたんだ。好いことをしたな」

すぐに栄三郎のこの言葉で破顔した。

「わたしは好いことだとは思いません！」

二人の友情溢れる会話を、お咲は一刀両断に斬って捨てた。

「そもそも新兵衛様がその場で番所へ突き出さなかったから欺様《かよう》なことになるのです。盗っ人にも三分《ぶ》の理《り》……。情けをかける気もわからなくはありませんが、罪を償《つぐな》ってこそ真っ当な道へと歩むことができるのではありませんか」

「まあそう堅いことを言うなよ。盗んだ金の額次第じゃあ打ち首になってしまうだろう。貧乏な者から掏《す》ったこともないみたいだし、あんな好い女を死なすには

「では、お多福《たふく》は死んでもいいってことですか」

忍びない……」

「いや、そういうことではないが……」

栄三郎は宥《なだ》めるも、すぐに切り返されて沈黙した。お咲の勢いは止まらない。

「お咲、おぬしの言うことはもっともだが、おれはお蔦に何を掏られたわけでもないし、お蔦も正直に今までの罪を打ち明けて、きっぱりと足を洗うと言っているのだ。お蔦が掏摸であったことは聞かぬことにして、許してやってくれぬか」

今度は新兵衛が丁重に頼んだ。

「わかっております。新兵衛様がそっとあの女《ひと》の正体を報《しら》せて下さったことを、言いたてるつもりは毛頭ございません。ただやはり、そういう新兵衛様も、お蔦とかいうあの女《ひと》にお心を奪われておしまいになっているのが何とも気に入りません」

「おれはお蔦に心を奪われてなどおらぬ。今とて追い返したはず」

「いえ、怪しゅうございます。かくなる上はわたしがおさんどんをさせて頂きます」

「待て、お咲にそんなことはさせられぬ」

「お蔦はよくて、お咲はいけませぬか」

「お蔦は必ず追い返す」

「わたしが追い返してみせます！」

お咲は一歩も引かない。

剣術の稽古とは勝手が違い、まるで打つ手がない新兵衛を見て、栄三郎は笑いを堪えた。

――まさしく〝女難〟だ。

だがこれを機に、新兵衛とお咲の間がまたひとつ深い仲になるやもしれぬし、お蔦という女も新兵衛と触れ合うことで、真っ直《ます》ぐに生きることの素晴らしさを知るに違いない。

そして、女子《おなご》に惚れられ付きまとわれるものの、そこには何やら頰笑ましく爽やかな風が吹いているではないか――。

何がさてこの日から、新兵衛の〝女難〟は井口竹四郎の予言通り、お咲とお蔦が家の中で張り合う形で降りかかったのである。

五

「姐さん、その後の首尾はどうでごぜえやす……」

「どうもこうもないよ。このあたしが傍に寄り添っているってえのに、あの堅物ときたらまったく愛想《あいそ》なしさ」

「そこがまた、あの旦那のいいところなんじゃあねえですか」

「わかってるよ、そんなことは。だからこそ落とし甲斐があるってもんだが、こっちの気持ちを知りながら、二言めにはそろそろ帰れ……。まったく頭にくるよ」

「といって、お蔦姐さんに見合うほどの男となりゃあ、あの旦那しかいねえや。なに、どうってことはありませんよ。何とかいう仙人だって、若い女の脛《はぎ》に見とれて空から落ちたっていいますぜ。いくら堅物の旦那だって、姐さんにころりといかねえはずはありませんよ」

「そいつは兎吉の言う通りかもしれないが、独り身だと見てとった旦那に、いけ好かないのが引っついているんだよ」

「情婦《いろ》ってわけじゃあないんだが、これがお咲っていう生意気な娘なんだよ……」

「旦那に女が……」

掏摸を廃業したお蔦と別れてから数日後のこと――。

直走りの兎吉は、本材木町五丁目のお蔦の新居を訪ねた。

「もうあたしに構うことはない。お前も今まで捕らえられなかったのを幸いに、これから先は何か小商《こあきな》いでも始めて、日の当たる所を大手を振って歩いておくれ……」

お蔦は別れ際にそう言うと、親の代から貯めていた金をきれいに半分兎吉に渡した。

三十両ばかりあった。

これは姐さんが持っていておくんなさいと、受け付けぬ兎吉の手に無理に握らせたお蔦のひやりとした手の冷たさが悲しくて兎吉は泣いた。

先代の半四郎が死んだ時、散り散りになった乾分の中で、ただ一人誰からの誘いも断ってお蔦についてきた兎吉を、お蔦は肉親とも思ってくれていたのだ。その実感が今さらながらに沸々《ふつふつ》と心の内で湧いてきた。

そして、それほどまでに孤児の破落戸である自分を構ってくれた半四郎・お蔦父娘に、自分はどんな恩返しができたというのか——。

その気持ちが別れてなお、兎吉の足をお蔦の許へと運ばせたのである。

お蔦のことだ、すでに恋しい御仁の許へ押しかけ女房を決めこんでいるのではないかと思っていたが、聞けば邪魔な女がいるという。

新兵衛の家に出入りするお蔦の存在を知ったお咲はもう遠慮しなかった。

その夜から新兵衛の出入りを、田辺屋の男衆である勘太《かんた》、乙次《おとじ》、千三《せんぞう》の〝こんにゃく三兄弟〟に見張らせてお蔦を出し抜き、我こそが松田新兵衛縁《ゆかり》の者とばかりにおさんどんに精を出し始めた。

当然、お蔦とはその夜から激突した。

今では着物の袖《そで》も短くなり、大人の色香を漂わせ始めたお咲といえど、薄紅色の小袖に片襷《かただすき》をかけた姿は、酸《す》いも甘いも嚙《か》み分けたお蔦から見るとまだ小娘である。

「おや……、旦那も隅《すみ》に置けませんねえ……」

舐《な》めるようにお咲を眺めると、

「いや、この娘御はそういう人ではない……」

新兵衛がそう応えるのを待ち構えて、

「ああ、やっぱりそうですか。旦那の好い人というには、ちょいとばかり年季が足りなそうですものねえ……」

先制攻撃を仕掛けたのはお蔦であった。

金持ち物持ちを憎むお蔦には、少し前表で見かけた時からお咲のことが気に入らなかったのである。

それに対してお咲はまるで動じず、お蔦をにこりと見て、

「何かの押売りでございましたら、間に合っておりますので、どうぞお引き取りを……」

と応えたものだ。

「押売り……」

これにはお蔦も柳眉《りゅうび》を逆立てて、

「ちょいと、押売りとはあたしのことかい」

「他にどなたがおられましょう」

「あたしが何を押売りに来たというのさ」

「ふふふ、女の押売りでございますよ」

「何だって……？」

お蔦の声に凄《すご》みが増す。

女だてらに掏摸の跡目を継いだお蔦である。

喧嘩《けんか》度胸は座っている。

「おいおい、おれの家の中で喧嘩はよせ」

新兵衛が仕方なく間に入った。

剣術稽古から帰ってみれば、直後にお咲がやって来て有無を言わさず飯の仕度を始め、そのすぐ後にお蔦がやって来てこの有様である。

どちらも邪険にすることはできず、新兵衛は二人を追い返す間合を見計らう。

「あたしはね、無茶な暮らしを改めて堅気《かたぎ》にならないと、旦那に片腕落とされるんだ。だからどうすりゃあ立派な堅気になれるか教えてもらいに来ているんだよ。旦那が嫌だと言ったら、喉突いて死んでやるつもりなんだ。邪魔しないでとっとと失《う》せな！」

「堅気になる教えなら、どこかのお坊さんにでもお訊ねなさいませ。わたしは先生に剣の極意を学びに来ているのです。こちらも命をかけております」

「剣の極意？　女だてらにやっとうかい」

「女だてらはお互いさまでしょう」

よくこれだけ舌が回るものだと、女二人の達引《たてひき》に新兵衛は目を丸くして感心しつつ、この夜は三十六計を決めこみ、

「ちと用を思い出した……」

と家から逃げ出した。

それ以後も同じようなやり取りが続いているというわけだ。

お蔦から話を聞いて、

「姐さん、そんな小娘に後れをとっちゃなりませんぜ」

兎吉は、お蔦の恋の成就《じょうじゅ》が思わしくないと知りいきり立った。

「あっしが助っ人致しやす」

「どんな助っ人をするってんだよ」

「そりゃあ、まあ……」

「あの旦那は思ったよりも数段堅物だ。ちょいと手間がかかりそうだが、なに、あたしも珠かんのお蔦だ、必ず小娘を押しのけて、旦那の気持ちを掏りとってみせるよ」

お蔦は力強く言い放つと、情のこもった声音《こわね》で、

「あたしのことは気にしなくていいよ。大の男がこんな下らない女の喧嘩にかかずらっていないで、兎吉は自分のことを考えなよ。でも、ありがとうよ」

と、兎吉を見つめて小さく笑った。

堅気の身になると、ただ一人の身内である兎吉の存在が、お蔦には温かくてありがたかった。

その想いは兎吉も同じで、

「姐さんにはあっしがついておりやすよ。まあ、大船に乗ったつもりでいておくんなさい」

少し声を詰まらせて、小腰を屈《かが》めると走り去った。

「あの馬鹿、何かやらかさなきゃあいいけど」

お蔦は兎吉の後ろ姿を少しばかり見送ると、入念に化粧を直して、お咲との戦いにいざ臨《のぞ》まんと、新兵衛の家へさして歩き始めた。

――ふッ、松田の旦那も大変だ。

そんなお蔦と兎吉のやり取りを路地の陰から見ていた又平が含み笑いをした。

剣友・松田新兵衛と愛弟子・お咲を気遣う秋月栄三郎であったが、

「これはわたくしの戦《いくさ》でございます。どうか先生は、ただお見守り下さりますように……」

と、お咲から言われていたゆえに、下手なお節介は焼けずにいた。

それでもお蔦という女が掏摸であったと知れば、これはちょっと油断がならぬ。

田辺屋宗右衛門は目に入れても痛くない愛娘の、一途な松田新兵衛への恋を温かく見守ってはいるものの、俄に新兵衛の家に遠慮なく日参し始めたお咲を案じていることだろう。

そんなわけで、とりあえず又平にお蔦の様子を見張らせているというわけだ。

――奴は掏摸の仲間だな。

又平はお蔦の許《もと》を訪れた若い男をそう見た。

ちょっといなせな着物の着方や物腰は、堅気とは思えない。

又平の足は迷うことなく立ち去った兎吉の後を追っていた。

さてその頃栄三郎はというと――。

深川に足を延ばし、海福《かいふく》寺に向かっていた。

あの三世相に通じた井口竹四郎なる浪人が、この寺の僧坊を借り受けて住んでいると聞きつけたのである。

松田新兵衛と同じく、日頃は占いなどを信じぬ栄三郎であったが、この度《たび》の新兵衛の〝女難〟を見るに、満更《まんざら》ではないものだと思い立ち、少し気になることがあって訪ねたのである。

「井口さんなら寝転がって書見をされていますよ……」

門前にいた若い僧に案内を請《こ》うと、快《こころよ》くすぐに連れていってくれた。なかなかに好かれているようだ。

「おお、これはいつぞやの。よくぞここがわかられたな……」

井口は栄三郎を覚えていて、顔を見るや書物を置いて起き上がって歓待してくれた。

栄三郎は改めて名乗りをあげて、あの後松田新兵衛に訪れた〝女難〟をかいつまんで話すと、

「あの折、井口殿は〝色々と、お気をつけなされませい〟と申されたが、その色々がちと気になりましてな」

と、訪問の意を告げた。

「〝女難〟の他に何かまだ難儀が……」

栄三郎は、新兵衛から大身の旗本の息子を少しばかり懲らしめたという話を聞いて、嫌な胸騒ぎがしていたのだ。

新兵衛のことであるから心配もいるまいが、剣友へお節介を焼くかどうか、井口竹四郎の占いを確かめてから考えてみようと思ったのである。

「なるほど、これは思わせぶりなことを申しました。御貴殿の申される通り、かの御仁には〝女難〟の他に、ちと気になる相が見受けられましてな……」

井口は栄三郎の洞察を讃《たた》えつつ、ぎょろりと目を見開いた。

「気になる相とは、たとえば〝剣難〟とか……」

栄三郎は胸騒ぎを占いに喩《たと》えて問うた。

「これは御賢察……」

井口は歯をむき出して笑った。

「仰《おお》せの通り、御貴殿の御友人には〝剣難の相〟が見え申した」

「何ゆえあの折にお伝え下されなんだのです」

「いや、申し上げたところであの御仁は、日頃より剣に生きる身に〝剣難〟などあり得ぬ。我が身に剣をもって打ちかかる者があれば、日頃の成果を試すべき好機とこそ思わねばならぬ……。おそらくそうお応えになると存じましてな」

「わざわざ言うまでもないことと……」

「はい……。それにこの〝剣難〟次第によっては福をもたらすものとなりますゆえに……」

「次第によっては福をもたらす……。うむ！　お見事でござる。我が友・松田新兵衛はまさしくそういう男でござる。お手間をおかけ申しました。見料はお借りしておきます。御免！」

栄三郎は井口の答えを聞くと、何やら心に思うことがあったか、深々と一礼をして走り去った。

「はッ、はッ、はッ……、何と爽やかな……」

井口竹四郎は、自ら勝手に人相見をしたことである。無論、見料など貰《もら》おうとは思ってもいないが、借りておきますと言い残し、風のように走り去った秋月栄三郎の顔を頭に刻みこみ、

「うむ、真におもしろい……」

しばらくその人相を占い、一人悦に入った。

僧房の外に咲く梅は今が満開であるというのに、井口竹四郎は見向きもしなかった。

六

それから三日がたった。

相変わらず松田新兵衛の〝女難〟は続いていたが、お咲とお蔦に押しかけられ、逃げ出すこともしばしばであった新兵衛は、

――思えば身に何ひとつやましいことのないおれが、何ゆえ逃げ回らねばならぬ。

と、ごく当たり前の疑問に到達して、ついにこの日の朝、女二人を前に一喝した。

「お蔦、お前に真っ当な道を歩めと言ったのは確かにおれだ。それゆえ何かの折には相談に乗ってやるが、この後おさんどんはすべて断る。これはお咲も同じだ。それでも押しかけてくるというならば、おれは江戸を出て廻国《かいこく》修行の旅に出る！」

その迫力にお蔦は屈し、お蔦がおさんどんに来ないのであればお咲も押しかけたりせぬと新兵衛に誓った。

お咲は新兵衛の凄みを知るだけに、本当に廻国修行に行ってしまうのではないかと戦《おのの》いたし、お蔦もこの旦那を追いかけたとて旅先で撒かれてしまうのは目に見えていたからだ。

これによって、おさんどんを巡っての女二人の張り合いはなくなったが、それでもお蔦は何かというと新兵衛の家へ相談に来たし、それを見張るこんにゃく三兄弟の通報によって、新兵衛とお蔦を二人にしてなるものかと、お咲はその都度《つど》様子を窺いに来た。結局、状況はさして変わっていなかったのである。

「さすがの新兵衛もお手上げか……」

お咲には構ってくれるなと言われていた栄三郎であったが、さすがに剣友の窮地《きゆうち》を見かねて、この夜又平に酒徳利《さかどつくり》を担がせて新兵衛の家を訪ねた。

男三人が難しい顔をして酒盛りをしていれば、いかなお蔦も入っては来まい。

「困った。今度ばかりは困った……」

新兵衛は女のことで剣友に相談などできぬと、そこは武士の痩《や》せ我慢をしていただけに、栄三郎の来訪がありがたかった。

「女二人に振り回されて真に情けない話だ」

そう言うと、茶碗酒を飲み干して嘆息した。

「いや、情けなくはないさ。男がこの世で一番敵《かな》わぬ相手は自分に惚れてくれる女だ。新兵衛のように女子供、年寄りには優しくするもんだと、心に決めて生きてきた男となればなおさらだ。自分に縋《すが》る女を邪魔だと言って叩き出すことはできぬからな」

「そうだ。それができぬから辛《つら》い」

「ましてその相手が二人だ……」

「ああ、おまけにこの二人、姿は女だが、そこいらの男よりもよほど強いときている……」

「ふッ、ふッ、ふッ……」

「はッ、はッ、はッ……」

やはり、こういう話をすると栄三郎の口からは深みのある言葉が次々と出てくる。

新兵衛の口から笑みがこぼれた。

「意地を張らずに、すぐに栄三郎に助けを乞《こ》えばよかったな」

「いや、言っておくが、おれはお咲の味方だ。嘘でもいいから、これがおれの許婚《いいなずけ》だとお蔦に伝えていれば話は変わっていたはずだ」

「お咲がどれほど可愛《かわい》くとも、軽々しくそのようなことは言えぬ」

「どこまで真面目《まじめ》なんだよ」

「今さら言うな」

剣友二人はまたほのぼのと笑い合った。

又平は惚れ惚れとしてそのやり取りを見ている。

「お蔦のことは任せておけ」

やがて栄三郎はしっかりと頷いた。

「任せておけ？　どうするつもりだ」

「ちょっとした好いきっかけが出来そうなんだ。なあ又平……」

「へい」

勇んで又平が畏まった。

「聞かせてもらおう」

新兵衛はいかにもこの男らしく威儀を正した。

「その前に新兵衛、お前には〝女難〟だけではなく〝剣難の相〟も出ているらしいぞ」

「〝剣難〟？　おれは日頃より剣に生きる身だ。〝剣難〟などあり得ぬ。剣をもって打ちかかる者があれば、それこそ日頃の成果を試す好機」

すかさず答えた新兵衛の言葉を聞いて、栄三郎は舌を巻いた。

「こいつは凄い……」

――井口竹四郎、恐るべし。

新兵衛はきょとんとして、しばし剣友の顔を見つめていた。


さらに三日後――梅は咲けど、まだ寒さが厳しい朝のこと。

日本橋の南、聖天《しょうでん》稲荷の社《やしろ》裏に、お蔦の乾分・直走りの兎吉の姿があった。

お蔦からは真っ当な道を生きるようにと何度も言われた兎吉であったが、彼の周りには一見してやくざ者と知れる二人の若い男がいて、兎吉の低い声に耳を傾けている。

「やっとうをかじっているとはいえ相手は女だ。兄さん二人とおれがいりゃあ何てことはねえ。しゃらくせえ小娘に、生兵法《なまびょうほう》は大けがの因《もと》ってことを教えてやっておくんなせえ……」

兎吉は前金だと、男二人にそれぞれ一両握らせて、改めて連絡をすると言って一旦その場は別れた。

このよからぬ相談がどういうことかは明らかである。くそ生意気な小娘というのは田辺屋の娘・お咲のことで、兎吉が命をかけても忠誠を尽くしたいお蔦の憎い恋敵《こいがたき》であるお咲を脅かしてやろうという、あまりにも稚拙《ちせつ》な計画である。

それでも兎吉にとってはお蔦こそが、姉であり母であり神である。じっとしてはいられなかったのだ。

しかし、やくざ者二人が立ち去った途端、社裏の蔭に、その兎吉の絶対的存在であるお蔦がいきなり現れて、有無を言わせずその横っ面《つら》を平手で張った。

「余計なことをするんじゃないよ！」

「姐さん……」

お蔦に頬を張られ、兎吉の表情はたちまち驚きに固まった。

「そんなことをして、このあたしが喜ぶとでも思ったのかい！」

兎吉がお蔦を想うように、お蔦もまた兎吉を心の底から気にかけている。あの三十両を渡したのは、真っ当に生きてくれという願いからではなかったか——。

「あっしはとにかく姐さんが……」

幸せにさえなってくれたらよかったのだと告げたい男の純情も、お蔦に詰《なじ》られては言葉にもならなかった。

赤の他人と生まれながら、この世にただ一人の身内だと労《いたわ》り合って御法度《ごはっと》の裏道を生きてきたお蔦と兎吉はいまだ泥水に溺《おぼ》れている。

そんな二人の前に、さらに一人のこざっぱりとした浪人風の男が現れて、

「ちょいと付き合っておくれ。お前達に見せたいものがあるんだ」

浪人風の男は、もちろん秋月栄三郎である。

兎吉がよからぬ動きを見せていることをお蔦に伝えたのは栄三郎であった。

あの日、お蔦を見張る又平が兎吉の様子を気にして、その動きを調べ上げてのことであった。

「見せたいもの？　まだあるんですかい……」

うなだれる兎吉を前にして、お蔦は首を傾《かし》げた。

「まあ、ついて来な……」

要領を得ぬまま、お蔦と兎吉は栄三郎の後をついて行った。

栄三郎は八丁堀《はっちょうぼり》を横切り、霊岸島《れいがんじま》を抜け、永代《えいたい》橋を渡った。

そこでお蔦は前方をゆったりと行く松田新兵衛の姿を見た。

「あれは旦那……」

「いいか、新兵衛に気づかれねえように、後をつけるんだ」

栄三郎はますます要領を得ぬ二人に声を潜《ひそ》めて言った。

「見ろ、新兵衛に〝剣難〟が降りかかろうとしている」

「え……？」

お蔦と兎吉が目を凝《こ》らすと、確かに数人の屈強の浪人者が、つかず離れず新兵衛の行く手を追っている。

その人数は五人――お蔦と兎吉とて掏摸に日々命をかけたことのある身である。こういう状況の判断には長《た》けている。

「あの野郎達はいってえ……」

先ほどはお蔦の叱責を受けてすっかりと意気消沈していた兎吉が俄然《がぜん》活気づいた。

「この前の下らねえ若君が銭《ぜに》で雇った連中だ」

お蔦と兎吉はあっと息を呑んだ。

先日、浅草田原町の神明社の向かいにある町道場で、松田新兵衛が見せた胸のすく立廻りを思い出したのだ。

あの時、小便を漏《も》らさんばかりに戦き、逃げ去った〝弘太朗様〟なる若君が仕返しを思いついたのであろう。

「秋月の旦那は、どうして奴らの仕返しを知ったのです……」

お蔦が息を弾《はず》ませた。

「さて、おれにも八卦見《はっけみ》の才があるってことよ……」

栄三郎はニヤリと笑った。

木田道場前での一件は、話を聞いた時から胸騒ぎを覚えていた栄三郎であった。

誰が仕返しに来ようが、日々の用心を怠《おこた》らぬ新兵衛のことである。心配はなかったものの、あの〝三世相〟の浪人・井口竹四郎が〝次第によっては福をもたらす〟と占ったことであることを思いついた。

そして、木田忠太郎が出稽古に赴《おもむ》いているという旗本屋敷の〝弘太朗〟という若殿を求めるに、これが幕府大番頭《おおばんがしら》・園山美作守《そのやまみまさかのかみ》の息《そく》であることは容易に知れた。

その傍近くに仕える家士の中に松川庄之助《まつかわしようのすけ》という三十がらみの近習《きんじゅ》がいて、こ奴はあの折、刀を抜こうとして新兵衛に右腕を打たれた間抜けで、腰巾着《こしぎんちゃく》よろしく弘太朗をだしに随分と勝手なことをしているらしい。

松川は木田忠太郎の門人達から、松田新兵衛のことをあれこれ聞いて回っていたらしい。

木田はあの日新兵衛に助けられた門人から成り行きは聞いたが、あれ以来弘太朗が園山邸を出て道場へ来ることはなかったし、出稽古の折の弘太朗は父の叱責を恐れてか、随分と殊勝な態度であったから、武骨者の松田新兵衛が少しばかり態度の悪い取巻きの若侍達を懲らした程度に思っていた。

そうして松川は、新兵衛が本所石原町の北方にある永井勘解由邸に出稽古に赴いていることを知ったのだ。

その出稽古の日が今日のこと。

松川の動きを調べ上げて確かめた栄三郎は、今日、必ず何か仕掛けてくると読んだ。

案に違《たが》わず、松川は素姓《すじょう》を隠し、金に飢《う》えた不良浪人共を雇い、本所までの長い道中に機を見て松田新兵衛を襲撃するよう頼んだようだ。

「汚《きたね》え野郎達だ。旦那、相手の出方がわかっていながらどうして役人に訴えねえんで……」

「下手に訴え出たら連中は襲う前に逃げちまうよ」

「いや、だが相手は五人、金で人を斬るような連中ですぜ。それをまさか迎え撃とうなんて思っちゃあいねえでしょうね」

「その、まさかだよ」

新兵衛はそのつもりで歩いているのだと栄三郎は答えた。

目を丸くする兎吉の横で、

「でも、旦那がいくら強くったって、もしものことがあったら……」

と、お蔦は女心を見せる。

「もしもの時は、奴は喜んで剣に死ぬだろう」

「喜んで剣に死ぬ……」

「お前が惚れた旦那は、そんなとんでもない男なんだ。だから、お前がどんなに好い女でも、奴は傍へは寄せつけねえんだよ」

新兵衛はまるで動じる様子もなく、平常心を保ちつつ深川を木場《きば》に向かって歩んでいく。

そのいささかの乱れもない足取りを見ていると、お蔦はこの男の懐を狙おうとした己が思い上がりを恥じた。

――たとえ五人がかりでも、新兵衛を討てるほどの武士が食いつめ浪人などをしているものか。

栄三郎はそう胸の内で思いながらも、今はさらに松田新兵衛に値打ちを持たせておこうと、それを口には出さずにお蔦、兎吉を促し、新兵衛が行く道から外れ、洲崎《すさき》の浜を東に向かった。

「さて、ここで見物だ……」

どこへ行くのかと怪訝な表情の二人を、栄三郎は弁財天社の手前の江島橋を渡ってすぐ右に広がる木場の一隅へ誘った。

そこは材木が高く積まれていて、昼なお薄暗い荒涼たる敷地である。

その積まれた材木と材木の間に三人は身を隠す。ここに至って、お蔦と兎吉は新兵衛がこの場に敵を誘い込み、勝負をしてやるという計略の下、やって来ることがはっきりとわかった。

「動かずによく見ていろよ……」

栄三郎が二人に言い聞かせると、やがて西の方から松田新兵衛がやって来た。

そして敵は見事にこの計略に引っかかって、新兵衛が木場の内に足を踏み入れた途端、人気《ひとけ》がないのを幸いに四方八方から殺到した。

「御苦労なことだ！」

新兵衛は完全に敵の攻撃を見切っていた。

腰の大刀を駆け様に抜くとこれを峰に返し、振り向くや腰を屈め一人の刺客《しかく》の胴を打った。

水心子《すいしんし》正秀《まさひで》二尺五寸の打撃をまともに喰い、その一人は音もなく崩れ落ちる。

栄三郎と共に見つめるお蔦と兎吉は瞠目《どうもく》した。先日見た新兵衛の技の切れ味は、手応えのある相手を得たことで格段の凄みを増している。

刺客四人は手強《てごわ》い奴と聞かされてはいたがこれほどの太刀筋《たちすじ》とは思いもよらず、気合を入れ直し、きれいに新兵衛を囲んだ。

「秋月の旦那……、こいつは助《す》けねえと……」

兎吉が栄三郎に唸るように囁《ささや》いた。

「助っ人は用意してあるよ……」

栄三郎がこれにニヤリと応えた時であった。

「新兵衛様！」

又平によって新兵衛の危急を報されたお咲が駆けつけるや、手にした二尺余りの細い鉄棒を一人の背後から打ちつけた。

お咲は日頃好みの薄紅色の小袖姿――俄に現れた美しい町娘に刺客達は面喰らったが、繰《く》り出した鉄棒の一撃はなまなかなものではない。

「小癪な……！」

背後を狙われた刺客も腕に覚えがある。僅《わず》かに身を入れ替えてお咲の一撃をよけたが、それで生じた一瞬の動揺を新兵衛は見逃さず、こ奴に猛進するや首筋に峰打ちをくれた。

見事な新兵衛とお咲の連携《れんけい》である。四方を囲んだ刺客の一画が見事に崩れた。

新兵衛とお咲は背中合わせに敵に対し、

「お咲、無茶な真似はよさぬか」

「先生が新兵衛様に加勢して闘いを学べと……」

「栄三郎が……。あ奴め、そこまでは聞いておらぬぞ……」

〝剣難〟を払い、これをお蔦に見せ、松田新兵衛が歩む境地の凄まじさを見せれば、お蔦も自分を拒《こば》む男の本意を知るだろう――。

栄三郎とはそう打ち合わせたが、お咲の加勢は聞いていなかった。

「わたくしは、御一緒に戦えて命を落とすならそれも本望にございます！」

言うやお咲は新兵衛の横合から突きを入れてきた一人に縦横無尽《じゆうおうむじん》に鉄棒を打ち込み、その攻撃を牽制《けんせい》した。お咲の剣技の上達は止《とど》まる所を知らぬ。

横合からの攻めを気にすることは無用となった――新兵衛は、その間に正面の敵を打ち倒しまたピタリとお咲と背中を合わせる。

その二人の姿は獅子《しし》の夫婦のごとく勇猛にして美しい。

見ていたお蔦は息を呑んだ。この娘に負けたと思った。剣に生きる身に女は不要と寄せつけぬあの豪傑に、剣をもってこれほどまでに近づくとは……。

お蔦のその表情を見て、栄三郎は満足そうに頷いた。田辺屋の箱入り娘に何と無茶なことをさせたかと、彼女の父・宗右衛門に手を合わせつつ、ここが女の勝負所と愛弟子を戦場に送りこんだのだ。

「無論、いざともなれば自ら斬り合いの場に飛び込みお咲を守るつもりの栄三郎は、お咲の登場と同時に刀の下げ緒で襷を十字に綾《あや》なしている。

だがその必要もない。

相手が二人となるや、苛烈峻厳《かれつしゅんげん》に新兵衛は敵を攻め、お咲の露払いを得て、いともたやすく残る二人を峰打ちに倒した。

お蔦と兎吉の表情に歓喜の色が浮かんだ。それと共に、この娘をたかが町の破落戸二人と襲おうとした身を兎吉は心底恥じた。

その時である。

「あの馬鹿……」

お蔦は血相変えてこちらの方へ走ってくる微行姿の二人の武士の姿を確かめて、物陰からとび出した。

武士は園山弘太朗と松川庄之助であった。

向こうの物陰で、憎き松田新兵衛が斬られるのを高みの見物と洒落《しゃれ》ていたのがこの有様で、慌《あわ》てて走り去ろうとしたのだ。

「の、のけ！」

俄に姿を現したお蔦を弘太朗は突きとばすと、たちまち逃げ去った。

「畜生、逃げやがった……」

歯嚙みするお蔦を栄三郎は抱き起こし、

「とび出す奴があるか……」

と、優しく着物に付いた砂を払ってやった。

「でも、あたしは旦那のために何ひとつ……」

お蔦の涙腺が弛《ゆる》み、声が湿った。

「あんな奴は放っておけばよい」

ふと見ると、刀を納めた新兵衛がお蔦を温かく見つめていた。

「あの五人の浪人達が取り調べられたら、そのうち馬鹿者共の正体も知れよう。

だがお蔦、お前はもう逃げる側には回るなよ」

「旦那……」

たちまちお蔦の目から涙の滴《しずく》がこぼれ落ちた。

掏摸の身を誇ったことはない。父親も母親も、掏摸の仲間達も、皆世の中から弾《はじ》き出されて仕方なく裏道を歩いて抜けられなくなったのだ。そのうちに、明日の米に困ることもない連中から少しばかりせしめたとて何が悪い、と自棄な気持ちになったのだ。

人の懐を狙って幸せな思いが湧いたことは一度もなかったが、よくぞ松田新兵衛の懐を狙ったものだと今はっきりとお蔦は幸せを覚えた。

この御方に惚れて、あの小娘と張り合って、純なる生き方が恐るべき力を人に与えてくれることを知ったのだから。

――もう何も怖いものはない。

お蔦はお咲に深々と頭を下げた。

兎吉は涙を堪え、唇を噛んだ。

秋月栄三郎と松田新兵衛はふっと笑い合った。

かくして井口竹四郎の予言通り新兵衛の〝女難〟は頬笑ましく爽やかな風に吹

きとばされて、〝剣難〟は二人の男女に福をもたらして春の彼方《かなた》へ消え去ったのであった。

七

松田新兵衛を襲った五人の刺客は、すぐに南町同心・前原弥十郎《まえはらやじゅうろう》によって取り調べられ、五人を雇ったのは園山家家臣・松川庄之助であることが明白となった。

何と言っても現場には、園山家の紋と弘太朗の名が刻まれた刀装の笄が落ちていたのだ。

とはいえ、園山美作守は五千石の大番頭である。町奉行・根岸肥前守《ねぎしひぜんのかみ》は表沙汰《おもてざた》にせず、そっとこの笄を美作守の手に戻した。

美作守は決して凡愚な男ではなかった。肥前守の意をすぐに察し、剣術指南・木田忠太郎にも問い合わせ、松川を奉公構《ほうこうかまい》の上放逐《ほうちく》、弘太朗を廃嫡《はいちゃく》の上僧籍に入れた。

しかしそのことはさらに後の話である。

松田新兵衛が〝剣難〟を払った数日後――。

新兵衛の家を旅姿となったお蔦と兎吉が訪ねてきた。あれこれと汚れた暮らしを送った江戸を離れ、ただ二人だけの身内で寄り添い、上方《かみがた》の地で小商いでも始めるつもりだと挨拶《あいさつ》に来たのだ。

こういうことは苦手だと、新兵衛は予《あらかじ》め秋月栄三郎を呼んでいる。

「色々とお世話になりました……」

殊勝に礼を言うお蔦は憂《うれ》えも消えてさばさばとした様子である。

「お前らも達者でな……」

声をかける栄三郎の横で、新兵衛はというと思い詰めたような表情をしている。別れに際して何か気の利いた言葉をかけねばならぬという、新兵衛独特の緊張であると栄三郎は見ていたものの……。

「お蔦、お前と約束をしたことがあったな」

しかし、やがて新兵衛の口からとび出したのは、気の利いた言葉というにはあまりにも厳しいものであった。

「今後掏摸を働けば、その腕を斬り落とすと申したな」

「あい……」

お蔦はしばし思い入れの後、観念したように頷いて、右腕を新兵衛の前に差し出した。

「ち、ちょっと姐さん、これはどういうことです……！」

兎吉がうろたえた。

「静かにおしよ。さすがは旦那だ。確かにあの男の刀の笄を掏りましてございます……」

兎吉はあっと驚いた。

あの折、逃げ去ろうとした園山弘太朗の姿を認めて前にとび出し、突きとばされたお蔦であった。

しかしその時、咄嗟《とつさ》に二本の指が刀から笄を抜き取っていた。笄の半四郎と異名をとった亡父譲りの妙技であった。

お蔦はこれを争闘の場にそっと置いた。いかにも園山弘太朗が落としたように
――。

新兵衛は笄が現場に落ちていたと聞き及び、これがお蔦の仕業《しわざ》であると確信した。

「どうぞ、バッサリやっておくんなさい……」

覚悟を決めたお蔦を庇《かば》い、

「旦那！　斬るならあっしの腕をやっておくんなさい」

兎吉は新兵衛に縋った。

「だから静かにおしよ！　お前の腕がなくなりゃあ、あたしが困るんだよ」

「姐さん……」

「兎吉……、この先あたしの面倒を見てくれないのかい……」

お蔦にやり込められて兎吉はがっくりと俯いた。

栄三郎は黙って見ている。

「この腐り切った腕をバッサリ落としてもらえるなら清々《せいせい》するってもんだ。旦那に斬られるのなら本望だ。さあ旦那！　早いことやっておくんなさいまし」

目を瞑《つむ》るお蔦を見て新兵衛は大刀を鞘《さや》から抜いた。

「好い覚悟だ。お蔦、これでお前はすっかりと掏摸から足を洗うことができるぞ」

そして、気合もろともにお蔦の出した右腕へ大刀を振り落とした。

「えいッ！」

お蔦の白い右の腕がたちまち血に染まった。しかし……、その腕がお蔦の体を離れることはなかった。そして新兵衛は、納刀すると己が手拭《てぬぐ》いを取り出してお蔦の腕の傷口をしっかりと縛った。

「心配はいらぬ。そのうち血も止まる」

「旦那……」

きょとんとするお蔦の横で、兎吉がへなへなと座り込んだ。

「お前の利き腕の筋を切った。これでもう満足に指は使えぬからそう思え」

新兵衛は爽やかな笑顔を向けて、

「何があっても挫《くじ》けるでないぞ……」

と大きく頷いた。

お蔦はもう泣かなかった。しっかりと頷き返すと、兎吉と共に新兵衛と栄三郎にお辞儀をして、新しき人生に旅立った。

栄三郎は新兵衛について二人を見送った。

珠かんのお蔦、直走りの兎吉と言われた二人の後ろ姿は、仲の好い姉弟のごとく映《うつ》った。

「そんなことだろうと思ったよ……。だが新兵衛、腕の筋を切れば本当に指は使えぬようになってしまうのか」

見送りつつ栄三郎が問うた。

「さあ、それはわからぬが、使えぬと思えば使おうとしなくなるものだ」

「何だ、嘘か……」

「まじないを施《ほどこ》したのだ」

「ほう……。新兵衛も少しは人間がこなれてきたというものだ」

「栄三郎のお蔭でな……」

「お咲にも何かまじないを施してやれ」

「どんなまじないだ」

「馬鹿、お前が考えろ……」

親友二人が心地好い会話を交わすうちに、お蔦と兎吉の姿は、二つの小さな点となり、街道の彼方に消えていった。

そして二人が去った南の方《かた》より吹き来る暖かな風が、栄三郎と新兵衛の顔をしばしの間ほんわかと綻《ほころ》ばせたのである。

第三話

おっ母さん

一

「待ちやがれ！　手前《てめえ》、逃げ通せるとでも思ったのかい」

「お頭《かしら》を出し抜こうとは、好《い》い度胸をしているじゃねえか」

「なあ、見逃してくれ……。おらァもう、儀兵衛《ぎへえ》みてえな悪党の下で働くのは我慢ならねえ……」

「ふん、さんざんっぱら悪事の片棒を担《かつ》いでおいて、今さら何をぬかしやがる」

「金なら返す！　百両の金だ。おれがどこかへやっちまったことにして、お前ら二人で分けりゃあいい……。一人頭五十両なら悪かねえだろう……」

「無論、金は返してもらうさ……」

「その前にまだ返す物があるだろう」

「何のことだ……」

「しらばっくれんじゃねえや！」

「取引に使う、あれだよ……」

「ああ、あれか……。今は持ってねえよ」

「何だと？」

「ふん、渡した途端にブスッとやるつもりなのはわかってらあ」

「そんなら、どこかへ隠したとでも言うのかい」

「ああ、そうだ……」

夜が白み始めた品川《しながわ》・御殿《ごてん》山。

咲き誇る桜の木々を愛《め》でる遊客で賑《にぎ》わうこの地も、今は人影もなく静まりかえっている。

その高みの一隅にそそり立つ松の大樹の下で、三人の男が荒い息遣いをしていた。

三人はいずれも三十絡み。

松の向こうは切り立った崖《がけ》になっていて、二人が一人を追い詰めたようだ。

追い詰めた方は、痩身長軀《そうしんちようく》で顎《あご》の尖《とが》った男と、小柄で引き締《し》まった体がいかにもすばしこそうな野犬のような二人連れ――。

窮地《きゆうち》に立たされている一人は、ふっくらした顔立ちに尻下がりの細い目をしていて、このような憂《う》き目を見ねば、普段はなかなかに愛敬《あいきよう》のある男のように窺《うかが》える。

とはいえ、男達の交《か》わす言葉のひとつひとつは殺伐《さつばつ》としていて、これが悪党同士の仲間割れであることはすぐに知れよう。

細い目の男は儀兵衛という悪党の頭目の目を抜いて、百両の金と取引に使う〝あれ〟を持ち出したが追い詰められて、〝あれ〟を盾《たて》にして急場を凌《しの》ごうとしている。

しかし――。

「お前も馬鹿な男だな。そんな見えすいた嘘《うそ》におれ達が引っかかるとでも思ったのかい」

長身の男が鼻で笑った。

「お前が〝あれ〟を隠す間があったとも思えねえ……。まずお前の懐《ふところ》を調べさせてもらおうかい」

小柄の一人が、隠し持ったる匕首《あいくち》をぎらりと抜いた。

「畜生《ちくしょう》！」

走りだす機を狙っていた細い目の男はその刹那《せつな》、懐にあった百両のうちの切餅《きりもち》一つを小柄の男目がけて投げつけた。

「や、野郎……」

金子《きんす》の塊《かたまり》は小柄の男の顔面を直撃し、ジャラジャラと音を立ててその場に飛び散った。

顔の痛みと大量の金子がばら蒔《ま》かれたことによる躊躇《ちゆうちよ》が、小柄の男の動きを一瞬止めた。

ここを先途《せんど》と細い目の男は逃げた。

しかし、長身の男は相当修羅場《しゆらば》を潜《くぐ》ってきているのであろう。まるで反撃に動ぜず、懐手をするうちにすでにその右手には匕首が抜かれており、たちまち逃げた一人に追い付き、振り下ろした匕首でその肩を斬った。

「うむッ……」

逃げる男は最後のあがき——切り立つ崖から転げ落ちようとして、長身の男の長い手に襟首《えりくび》を摑《つか》まれ引き戻された。

「なめやがってこの野郎！」

そこへ顔から鼻血を滴《したた》らせた小柄の男が駆け寄り、もがく一人の横腹に匕首の刃《やいば》を突き立てた。

悪党・儀兵衛のやり口に我慢がならずに、盾を突いた男は悪人に成りきれなかったのであろう。

しかし、このような殺し合いの場では根っからの悪人の方が逞《たくま》しい。

たちまち二人掛かりで突き立てられて、哀れにも男は息絶えた。

「野郎、手間をとらせやがって……」

二人の悪党は仕留めた相手の着物の袖《そで》で匕首についた血を拭《ぬぐ》うと、死体の持ち物を引っ張り出した。

しかし、残りの金が七十五両、胴巻に入っているのは見つかったが、他に革財《かわ》布、煙草《たばこ》入れなどのどこにも、求める〝あれ〟は入っていなかった。

「野郎、本当にどこかへ隠しやがったのか……」

悪党二人は地団駄《じだんだ》を踏んだ。

いつしか日はすっかりと昇り、絵のように美しい御殿山の桜を明らかにした。

遊客が押し寄せるまでもう僅《わず》かの間しかない。二人は骸《むくろ》を抱え上げると、足早にその場から姿を消し、血塗られた殺害の跡はほどよく薄紅色の花片によって何事もなかったかのように彩《いろど》られたのである。

二

その日はよく晴れた。

御殿山の一角で血塗られた惨劇が行われた一刻《とき》（約二時間）の後――この芝山には、一変して穏《おだ》やかな表情をした老若男女《ろうにゃくなんにょ》が集《つど》い、桜の花を楽しんだ。

そして御殿山の麓《ふもと》には、秋月栄三郎の〝取次屋〟の番頭・又平と、その無二の友である駒吉の姿があった。

二人は並び立って高みに林立する桜を眩《まぶ》しそうに見上げている。

その並木は、二人の目の前に切り立つ崖の上にあるのだ。

「よし……」

又平は腹に力を入れると不敵な笑みを浮かべて、

「駒、あすこまで行ってみるか」

「ああ、望むところだが、又平、お前大丈夫かい」

「何だと……」

「中くれえでずるずる落ちたって助けねえからな」

「ぬかしやがったな……」

「おれは瓦《かわら》職に励んでいるが、お前は楽な暮らしをしているからなあ」

「ヘッ、羨《うらや》ましがってやがる。だから体馴《な》らしにお前を誘ったんだよ」

「ふッ、そんなら付き合ってやるか」

「行くぜ！」

又平の掛け声よろしく、二人はあろうことかほとんど壁のような崖の斜面を、間に茂る低木を時に摑み踏みしめて猿《ましら》のごとくほぼ同時に登り切った。

「よし、駒、この度《たび》は痛み分けってところだな……」

「いや、おれの方がちいっとばかり早かった」

「そんなら今度は、おれが先に下りてやらあ」

言うや又平は、転がるように崖を駆け下りた。

困った負けず嫌いだと、駒吉が後に続く。

ともに捨子の身を軽業《かるわざ》芸人の親方に拾われ、子供の頃は互いに張り合うことで励まし合い、芸を高めた又平と駒吉であった。

そして大人になった今、その時身につけた軽業を錆《さ》びつかせることがないよう、時折二人はこうして軽口を叩《たた》き合いながら鍛練《たんれん》しているのである。

自分では若いと思っていた二人も三十になる。こうやってまだまだ体が動くと確かめることは、ちょっとした〝心の拠《よ》り所〟となっているのだ。

「駒、何をのんびりしてやがるんだ。行きはよいよい帰りは怖いか……」

又平は自分の後から下りてきた駒吉を子供のようにからかった。

「お前より遅かったのは、ちょいと気になる物に目をとられたからだよ」

「ヘッ、負け惜しみを言ってやがらあ」

「負け惜しみなんかじゃあねえやい。あすこのでけえ岩と岩の隙間《すきま》に、何やら御守袋みてえなのが落ちてたんだよ」

駒吉は口を尖らせて、崖の真ん中辺りの岩場を指した。

「ようし、そんならちょいと見てくる……」

互いにけちをつけ合うことで、負けず嫌いを奮《ふる》い立たせる――大人になってなお、それが二人の稽古《けいこ》法なのである。又平は言うや再び崖を駆け登り、またすぐに下りてきた。

「駒、お前の言う通りだったぜ」

その手には、ちょっと粋《いき》な浅葱《あさぎ》色の木綿《もめん》地で出来た小さな御守袋らしき物が握られている。

「そうだろう、どんなもんでえ」

駒吉は得意満面にその袋を又平の手からもぎ取った。

「ああ、お前は大したもんだよ。あの上から駆け下りるのに、よくそこまで気づいたもんだぜ」

又平はにっこりと笑った。相手を素直に誉《ほ》められるのもまた親友の証《あかし》である。

「見たところ、あんまり汚れてねえみてえだな……」

駒吉は誉められて照れ笑いを浮かべ、その小袋に目を落とした。

「てことは、あの上から誰かが落として、まだ日が経《た》ってねえってことか」

又平は、何か入っているようだったから袋の中を検《あらた》めてみるように、と駒吉に言った。

「そうだな、落とし主にとっちゃあ大事な物が入れてあったのかもしれねえってもんだ」

駒吉は頷《うなず》いて袋の中を覗《のぞ》いた。

「何だいこいつは。観音様《かんのん》に……迷子札か……」

中から取り出してみると、木彫りの観音像と、小さな字が記されてある木札が出てきた。

観音像は二寸（約六センチ）足らずだが、檜《ひのき》の一木造《いちぼくづくり》がなかなかに美しい。

木札の方には、

〝あさくさいまど　けいよう寺うら　さよ〟

と書かれている。

「ほう、駒、こいつは何だな、観音様に迷子札を添えているってわけか」

又平が観音像と木札を見ながら推測した。

「うん、そういうことだろうな。この浅草今戸《いまど》・慶養寺《けいよう》裏に住むさよって人が観音様の持ち主ってわけだ」

駒吉がこれに相槌《あいづち》を打った。

「浅草今戸・慶養寺裏っていやあ、山谷《さんや》堀の辺りだな」

又平が想像を巡らす。

「山谷堀っていやあ、なかなか賑《にぎ》やかな所だぜ」

「慶養寺の裏辺りはそれでいてちょっと静かだから、もしやおさよさんは、常磐《ときわ》津《ず》か何かの師匠ってところじゃあねえかな」

「いいねえ……」

小股の切れあがった女を思い描いて、駒吉はごくりと唾《つば》を呑《の》んだ。

「こいつはやはり、観音様をおさよさんに返しに行かざァなるめえな。だが困ったなあ……」

又平の想像はますます膨《ふく》らむ。

「こいつをおさよさんに手渡して……、確かにお届け致しやした、あっしはこれで……。帰ろうとしたらおさよさんが、ちょっと又平さん、これも観音様のお導き、どうぞ家で一杯やっていっておくんなさいまし……。いえ、あっしはこれをお届けにあがっただけでございますから……。それではあたしの気がすみません。又平さん、後生《ごしょう》だから……。なんて言って白いか細い手を合わされたりしたら、もう帰れねえぞ。そこから差し向かいで、やったりとったりの繰《く》り返しだ。おい、駒！　ほんに困ったぞ……」

又平は勝手に照れて笑って身もだえて、駒吉の手から一式を取り返すと、

「ちょいと返しに行ってくらぁ……」

ニヤリと笑って歩きだした。

「おい待て又平！　その袋を見つけたのはおれじゃねえか。おい、待てよ……」

日が陰り始めた頃――。

又平の姿は浅草今戸の橋の上にあった。

懐には件《くだん》の小袋が入っている。

あれから、おれが見つけた、おれが拾ったと、どちらがこの袋をさよという女

に返しに行くかで揉《も》めた又平と駒吉であったが、

「まあ、又平にはあれこれ世話になっているから、こいつは譲るよ」

意外にあっさりと駒吉が引き下がり、〝手習い道場〟に戻った又平は、秋月栄三郎に御守袋の謂《いわ》れを語ると、鍛練用の腹掛《はらがけ》、股引《ももひき》を脱ぎ捨て、ちょっと丈長の羽織なんぞを肩にすべらせて、

「旦那《だんな》、ちょいと行って参りやす。明日の手習いが始まる前には帰って参りますので……」

などと言い残し、いそいそと手習い道場を出たのであった。

――きっと駒吉も、馬鹿馬鹿しくなったのだろう。

又平のおかしな思い込みにつられて、さよという女に興味が湧《わ》いたものの、考えてみれば、本当に浅草今戸・慶養寺裏にそんな女がいるかどうかも知れぬではないか。

栄三郎は、

「又平、いいなあ、お前、羨ましいなあ……」

と話に乗って送り出してやったが、心の内ではどこまでおめでたい奴《やつ》なんだと失笑したものだ。

「だがおれは、そういう馬鹿が大好きだ……」

日々の暮らしには色々な冒険が埋もれている。

それを見つけ出すか、気づかずに見過ごしてしまうかでは、人生の楽しみ方が大きく変わってしまうものだと栄三郎は思うのだ。

所詮《しょせん》人は、人との出会いなしには先へ進めぬ定めなのであるから――。

元来がおめでたい性質《たち》の又平は、秋月栄三郎と共に暮らすうち、その生き方にえも言われぬおかしみが出てきたのである。

「奴の帰りが楽しみだ……」

あるいはめくるめく一時を過ごすのやもしれぬ。

栄三郎はほのかな期待をもって愛すべき乾分《こぶん》を思いやったが、又平はというと、相も変わらぬ能天気な様子そのままに、

「あのちょいと色白で男好きのする姉さんがおさよさんでは……」

今戸橋ですれ違う小粋な女を見かけてはでれっとして、橋を渡ると慶養寺の裏手へ出た。

そこは山谷堀の両岸に並んだ水茶屋や料理茶屋の喧騒《けんそう》から逃れたところで、小体《こてい》な店が建ち並ぶ表長屋が通り沿いに続いていた。

「うん、思った通りのところだな……」

又平はほくそ笑んだ。

本当にどこかその辺に、常磐津の色っぽい師匠が住んでいそうである。

ふと見ると、傍《そば》のこぢんまりとした小間物屋の店先に男物の匂い袋が置いてある。

「これからどこかの姉さんとしっぽりと……、てところですかい。憎いですねえ……」

いかにも口がよく回りそうな四十がらみの店主が、又平の視線の先を目敏《めざと》く見てとり声をかけてきた。

「いや、しっぽりと……、てわけでもねえんだが、珍しい物があると思ってな……」

又平は声に引かれて店へと入った。この男ならおさよの所在を知っているかもしれない――そんな気がしたのである。

「何も珍しいことはありませんよ。ただねえ、うちの匂い袋は香の中に惚《ほ》れ薬が混ざっておりますからね。どんな身持ちの堅い女でも、これさえ身につけていれば、たちまちお客様の腕の中にするりと……」

「するりと……、そいつは大したもんだな」

「いくつかお出ししましょう」

小間物屋は匂い袋を並べ始めた。

「ところでお前さん、この辺りにさよっていう女《ひと》がいるのを知らねえか」

「さよ……。ああ、知っておりますよ」

「ほんとうかい……。浅草今戸・慶養寺裏のおさよさんなんだが」

「へい、浅草今戸・慶養寺裏でさよといえば、この並びのおさよさんしかいませんよ」

「……匂い袋、二つばかし貰《もら》おうか……」

「ありがとうございます。どの匂いがお好みでございますかねえ……」

「で、その、おさよさんの家はここの並びと言ったが、近いのかい」

「へい、北へ三軒先の煙草屋でさあ」

「煙草屋か……、じゃあ御亭主はいるんだろうね」

「いえ、独り暮らしでございますよ」

「独り暮らし……。もう一つ貰おうか……」

「ありがとうございます！　で、婆《ば》ァさんに何か御用で……」

「婆ァさん……？　おさよって人は、婆ァさんなのかい」

「このところすっかり老《ふ》けこみましてねえ、目も耳も不自由になってきたようですよ。この辺りは人の出入りが激しくて、昔のことを知る人はほとんどいないんですよ。というわたしもそうなんですがね……。聞くところによると、倅《せがれ》が一人いたらしいんですが。これがぐれて家をとび出して、婆ァさんは煙草屋を続けながら、帰ってくるのを待っているそうで……。帰ってくるはずもないのに、哀れなもんですよ。倅ったって、まだ子供の頃に出たきり、もう二十年も帰ってこないんですからね……。で、お客様、どれとどれに致します？」

「やっぱりいらねえや……」

「え？」

「惚れられたら面倒なんでな……」

呆気《あっけ》にとられる主人を尻目に、又平はがっくりとして店を出た。

――まあ、こんなもんだろうよ。

又平は懐から件の袋を取り出して、つくづくと眺めた。

「こいつはおさよ婆ァさんの物だったのかい」

そういえば、観音像はまだ木肌が若かったが、迷子札の方はなかなか渋い色をしていた。

「まったくおれはめでてえや……」

溜息《ためいき》をつくと笑いがこみ上げてきた。

——まあ、笑い話の種にはなるだろう。さっさと渡して、帰るとするか。

又平は北へ三軒先の煙草屋へと足を運んだ。

そこは間口一間《けん》半（約二・七メートル）ほどの小さな店で、覗いてみたが誰もいない。狭い土間の向こうに黒い箱が置かれてあり、その前に小さな紙包みに入った煙草が盆の上に並べられてあるばかりだ。

煙草の目方を知るための秤《はかり》はなく、思うに婆ァさんは煙草が入れられた黒塗りの箱から手摑みで煙草を取り出し、紙に入れて包んでいるのであろう。

即《すなわ》ち一摑みいくらで客に売っているのだ。

量は大まかでも、客にとっては秤にかけたり包んだりする手間がいらない。

まだ客が自分で計り売りに対応しなければいけなかった頃としては、ある意味画期《かっき》的なことであった。

見たところ煙草は国分《こくぶ》のみ、秤は使わずただ手で握っては紙に包む——こんな暮らしがここで何十年も続いてきたのであろう。

――帰ってきてやれよ、馬鹿息子が。

又平は何やらやりきれぬ想いになった。

二親の名も知らぬ又平にとって、親がありながら、生みの母親をただ一人で放っている奴の気が知れなかった。

ここへ来るまでは小股の切れあがった女との出会いに浮かれていただけに、一気に寂しさが又平の体の中を貫《つらぬ》いたのである。

――とっとと帰ろう。

又平は店先から奥の方を覗いてみた。

そこには衝立《ついたて》が立っていて、奥の小部屋との目隠しとなっている。

「御免下さいまし……」

声をかけると衝立の向こうに人の気配がした。

「はい、ただいま……。煙草盆の炭を替えていたところでございまして……」

かすれた声が返ってきたかと思うと、一人の老女が小さな煙草盆を手に出てきた。

齢《とし》は六十になるやならず。髪は白く腰は曲がり気味であるが、整った顔立ちは娘の頃の見目《みめ》の好さを物語っていた。

まだ老け込む齢ではないだろうに、帰らぬ息子を待つ日々の絶望が、彼女を随《ずい》分《ぶん》と老けさせたのかもしれない。

「はい、ありがとうございます。おいくつご入り用でございますか……」

「いや、煙草を買いに来たんじゃねえんだ」

「と、仰《おつしや》いますと……」

煙草屋の女《おんなあるじ》主は又平の傍へ煙草盆を運んできて、驚いたような表情で又平の顔をつくづくと見た。

見つめられて少しばかりしどろもどろになった又平は、

「こいつに見覚えがないかと思ってね……」

とにかく件の小袋を見せた。

小間物屋はこの辺りにさよは一人だけだと言ったが、どうも調子の好さそうな男であったし、間違いということもある、と思ったのだ。

「それは……」

目が疎《うと》い老女は又平に近付き、袋を穴の開くほど眺めて嘆息《たんそく》した。

又平はよく見えるようにと手渡してやりつつ、やはりこの老女がおさよであったことを確信して口許《くちもと》を綻《ほころ》ばせた。

「あッ……、あッ……」

おさよは袋の中から取り出した迷子札を見て感極《きわ》まったか、言葉にもならぬ声を発し、ついに目尻に刻まれた深い皺《しわ》に涙を溜《た》めた。

「いやあ、喜んでもらえてよかったよ。そいつは今朝御殿山で……」

と、言いかけた又平に、

「友造《ともぞう》……！　やはり友造だったんだね……」

おさよは縋《すが》りついた。

どうやら目は疎く耳も遠くなり、心乱れる日々を送ってきたこの老女は、随分前に出ていった倅と又平を勘違いしているらしい――。

「え？　いや、おれはただこの袋を届けようとここへ……」

それを悟った又平は、慌《あわ》ててそれは思い違いだと首を振ったが、

「この袋に入れた迷子札をお前は未《いま》だに持っていてくれたんだねえ。おまけにこんな観音様まで中へ納めてくれて……。おっ母《か》さんは嬉《うれ》しいよ……」

又平を倅と信じこんだおさよの興奮は、又平の言葉を受け付けない。

友造という倅は又平に似ているのであろう。そして、御守袋と思った物は、子供の頃の友造に、母親の名を記した迷子札を持たせるための袋であったようだ。

友造は家出をする時にこの袋を持って出た。そしてこの袋の中に木彫りの観音像を入れた――だが、それがどうして、御殿山の崖の途中のあんな岩陰に落ちていたのであろうか。

あれこれ思いを巡らせる又平の心中など知る由《よし》もなく、おさよは再会の興奮を高めていった。

「お前がどこか遠くでとんでもないやくざ者達の仲間になったという噂《うわさ》を聞いたが、あれはやっぱり嘘だったんだねえ。友造、立派になったねえ……」

〝小股の切れあがったおさよさん〟に会いに来た又平は、今日に限って羽織を着ていた。

それがまた老女・おさよの目には立派に映《うつ》った。

「いや、悪いがおれは……」

「悪いのはお前じゃないよ。実の子のお前をまるで他人の子のように苛《いじ》め抜いた、お前のお父《とっ》つぁんがいけなかったんだよ。いや、それを庇《かば》ってやれなかったおっ母さんがもっと悪い……」

おさよは涙ながらにそう言うと、鳩尾《みぞおち》を押さえて苦しそうに屈《かが》みこんだ。

「どうしたんだい、大丈夫かい……」

「何でもないよ……。すまないが、奥の茶簞笥《ちゃだんす》にお薬が……」

「わかったよ。ちょいと待っていてくんな！」

又平は慌てて言われた通りに奥へ上がって薬を出して、急須に入っていたさ湯を茶碗《ちゃわん》に注《つ》いでやり、飲ませてやった。

「ありがとうよ……。もう何ともないよ。お前の顔を見たら落ち着いたよ……」

持病の癪《しゃく》が治まったか、おさよは又平にこぼれんばかりの笑顔を向けた。

その時、又平の心の内に今まで味わったことのない、何とも温かくて胸を切なくする感情がとめどもなくこみ上げてきた。

「もう大丈夫だよ……。もう何も心配いらねえよ……。おっ母さん……」

気がつくと又平は、おさよの両の肩に手をやって、優しくそう言っていた。

三

桜との別れが近付いてきたある日のこと。

手習い道場から子供達の姿がなくなったのを見計らったように、裏の〝善兵衛長屋〟から駒吉が訪ねてきた。

「何でえ駒、今日は仕事がねえのかい。お前もあんまり働かねえ奴だな」

秋月栄三郎はそんな軽口と共に駒吉を迎えた。

又平の親友で裏の長屋に住む駒吉を、栄三郎はもうすっかりと身内のように扱っている。

駒吉はそれが堪《たま》らなく嬉しくて、栄三郎を又平と同じく〝旦那〟と呼んで慕っている。

「いつでも〝取次〟の御用をお手伝いできるように、日頃から休む癖をつけておりますのさ」

「そいつはありがてえや。ちょうどおれも、お前に会いたいと思っていたところだよ」

「あっしに会いてえと……」

駒吉はすぐに思い当たったようで、神妙に小腰を屈めた。

「もしや又平のことで……」

「そうだ。お前も気にかかっていたようだな」

「へい、お察しの通りで。又平の奴は今日も……」

「ああ、前に世話になったというお人に会いに行っているよ」

手習い道場に又平の姿はなかった。

あの日、〝小股の切れあがったおさよさん〟に件の袋を手渡しに行った又平は、夜になって戻ってきた。

駒吉と共に待ち構えていた栄三郎は、おさよとの首尾を身を乗り出して訊《たず》ねたが、

「それがとんだお笑い草で……」

訪ねてみたもののそんな人は見つからず、とにかく近くの自身番に置いてきたのだと、又平は頭を掻《か》き掻きこれに応《こた》えた。

「何でえ、やっぱりそんなことだったか、お前に譲ってよかったぜ」

駒吉は大笑いし、栄三郎もそれは残念だったと肩を叩きつつ、

「そのわりには帰りが遅かったな……」

と、問うてみると、

「それが今戸橋の上で、随分と前に世話になった友造さんというお人にばったりと会いましてね」

友造には栄三郎と知り合う少し前にあれこれ世話になったのだが、これがこの数年上州高崎《じょうしゅうたかさき》に住んでいて、ちょうど今商用で江戸に来ていたところであった

のだと又平は言った。

「おお、そいつはよかったな。出向いた甲斐《かい》があったってもんだ。それも観音様を拾ってあげたご利益《りやく》かもしれねえな」

その時は、そんな風に笑ってすませたのであったが――。

次の日から又平は、毎日のように友造に会いに行ってくると出かけた。

連れの者が旅の道中で体調を崩し困っているので供をしてあげているというのだが、栄三郎にしてみると、又平とはもう長く一緒にいるが一度も友造という男のことは聞いたことがない。それほど恩を受けている相手なら、そのことを又平が、これまで栄三郎に言わぬはずがない。

「そうですかい。やはり旦那もおかしいと思っていなさったんですね……」

話を聞いて駒吉は神妙に頷いた。

又平が栄三郎と出会う少し前といえば、駒吉は博奕《ばくち》の借金が因《もと》で悪辣《あくらつ》な香具師《やし》・うしお一家の乾分に成り果てていた頃で、当時又平とは付き合いもなく離れて暮らしていた。

それゆえに駒吉がその名を知らないのは当たり前のことなのではあるが、うしお一家の悪事に関わり江戸十里（約四十キロ）四方追放の刑に一年服した後江戸へ戻ってきて、手習い道場の真裏の長屋に越してからもう半年にもなる。

この間に又平が、友造という男のことを自分にも一切《いっさい》話していないのはどうもおかしい。

「ひょっとして旦那、本当のところさよって女は今戸にいて、又平の奴、足繁く通っているんじゃあねえですかねえ……」

駒吉はしばらく頭をひねった後、ぽつりと言った。

「なるほど。又平はああ見えて女のことになると照れやがるからな。あんまりうまくことが運んだので、ちょっとの間おれ達にも隠しておこうと思ったのかもしれねえってことかい」

栄三郎は頷いてみせた。

ありえないことでもないように思われた。

御守袋を持って訪ねてみれば、そこに独り身のちょっと好い女がいた。

又平は愛敬のある男である。取次屋稼業を栄三郎と共に続けてきたことで、それなりに味わい深い男に成長してきている。

たとえば女が心に悩みを抱えていて、観音像の入った袋を失《な》くしてしまったことでさらに気分が沈んでいる――そこへこれを手にした又平が訪ねていったらどうなる。

思わず心を開いてしまうかもしれないではないか。

「駒、ちょいと確かめてみるかい」

栄三郎はニヤリと笑った。


その三日後が浅草の観音祭であった。

後、明治の御世《みよ》になり、時の政府の神仏分離令によって分かれたが、当時の浅草祭は浅草神社と浅草寺《せんそうじ》が一体となった祭であった。

雷門《かみなりもん》の門前で開かれる〝蓑市《みのいち》〟は、蓑の他に鍬《くわ》、鎌《かま》などの農具が売られることで知られる。

又平はこの日も朝からいそいそと出かけた。

これを栄三郎は駒吉とそっと追いかけた。

近頃は尾行をさせたら本職の目明かしも舌を巻くほどの腕を見せる又平であるが、まさか自分がつけられているとは露《つゆ》ほども知らず、まったく無防備に道を歩んだ。

栄三郎は又平に内緒でわざわざ松田新兵衛に手習いの代教授を頼んで出てきた

し、かつては香具師の一家で諜報《ちょうほう》を担《にな》ったことのある駒吉とて尾行の腕は玄人《くろうと》跣《はだし》だ。

元より又平が気づくはずもなかった。

又平は健脚を生かして日本橋を北へ、浅草御門へ向かう。

——やはり浅草へ向かっている。

友造という男は何日江戸に逗留《とうりゅう》し、浅草界隈《かいわい》でいったい何の商用を足しているというのであろう。

——奴め、嘘をついてやがる。

編笠《あみがさ》の下で栄三郎は独り言《ご》ちた。

腹は立たぬ。

又平が自分に嘘をつく時は、知られると余りに恥ずかしい取るに足らぬことか、栄三郎の心中を慮《おもんぱか》ってのことしかない。

そうに決まっているし、疑うつもりはまったくない。

——となるとやはり女のことか。

しかも絶世の美人かもしれない。ちょっとばかり好いぐらいの女なら、

「旦那、ちょいと聞いて下せえよ……」

と嬉しそうに話してくるに決まっている。
相手の女があまりに美しい女であると、まさか自分に惚れているはずはない。
惚れているなどと思っていることが人に知られると、思い上がりも甚《はなは》だしい奴
——と馬鹿にされるのではないか。そんな思いに突き動かされるものだ。
鳥越《とりごえ》橋を渡ると多くの人が出ていて、祭礼の賑わいが体中で感じられた。
今しも御蔵前《おくらまえ》より出た山車《だし》が諏訪《すわ》町の方へと動きだした。その先山車は観音の
境内《けいだい》に入るのだ。
人込みは時に又平の姿を呑みこんだが、かえって尾行を楽にしてくれた。
雷門の前で又平はきょろきょろと辺りを見回した。
「どうやら誰かと落ち合うみてえですよ……」
ふと気がつくと、吉原被《よしわらかぶ》りに弥蔵《やぞう》を決めた、いなせな姿の駒吉が、栄三郎の横
に寄り添っていた。
「ふッ、そいつが何よりのお楽しみだな。友造が来るか、はたまたおさよが来る
か……」
鵜《う》の目鷹《たか》の目で又平の待ち人を探る栄三郎と駒吉であったが、
「何でえありゃあ……」

「まさか、あれがおさよさんで……」

二人の目にとびこんできたのは、喜びの笑みを満面に湛《たた》えて又平の前へとやって来た一人の老女であった。

又平はその老女に駆け寄り、労《いたわ》るように寄り添うと、やがて二人並んで祭礼を楽しみながら浅草寺の境内へと歩きだしたのである。

「どうなっているんだ……」

「あっしにもさっぱり……」

栄三郎と駒吉はただただ目を丸くするばかりであったが、

「とにかく行ってみやしょう……」

見失わぬようにと歩みを早めた駒吉について、やがて栄三郎は雷門を潜《くぐ》った。

又平は境内の掛茶屋に老女を連れて入り、茶と焼き団子を注文すると、長《なが》床几《しょうぎ》に並んで腰かけた。

この老女が煙草屋の女主のおさよであることは最早《もはや》言うまでもない。

「おっ母さん、ここの焼き団子はなかなかいけるぜ。まあ、たんとおあがりよ」

又平はおさよをここでもまた〝おっ母さん〟と呼んだ。

これを掛茶屋の葭簀《よしず》越しにそっと聞いていた栄三郎と駒吉は顔を見合わせた。

「おっ母さんだと……」

栄三郎は首を傾《かし》げて小声で駒吉に言った。

「まさかそんなことが……」

駒吉は呟《つぶや》くように言って、首を何度も横に振った。

又平が駒吉同様捨子で、二親の名前さえ知らないことを栄三郎はよく知っているはずだ——駒吉の目はそう訴えていた。

掛茶屋ではこの二人の当惑など知る由もなく、又平はおさよと運ばれてきた焼
き団子を頰張《ほおば》り、おさよに手拭《てぬぐ》いで口許など拭ってもらいつつ、まるで母子のよ
うな風情《ふぜい》を醸《かも》していた。

「浅草のお祭に来るのは久しぶりだよ……」

「何だいおっ母さん、浅草寺の近くに住んでいるってえのに、来てなかったのか
い」

「近くに住んでいたって、一人きりじゃあお祭に来ることもなかったからねえ」

「そうかもしれねえなあ」

「友造が子供の頃は、わたしの手を引いて、行こう行こうって言ってくれたもの
だけどねえ……」

「はッ、はッ、そんなこともあったかなあ……」

この会話を聞いて栄三郎と駒吉はぴくりと体を震わせた。

「駒……」

「へい……」

「今、婆ァさんは、又平を友造と言ったな」

「へい、そのようで……」

「友造は又平が世話になった人だったな」

「と、聞いておりやしたが、どうやら又平が友造のようですねえ」

ちょうどその時、おさよが絵馬を見に床几から離れた。

栄三郎と駒吉は頃やよしと掛茶屋へ入って、又平の後ろの長床几に腰を下ろし、

「友造さん……、友造さん……」

「又平によく似た友造さん……」

と口々に囃《はや》し立てた。

はっと振り返った又平の顔色がたちまち変わった。

「旦那……、駒……、どうしてここに……」

「奇遇だな、祭見物に来たらお前を見かけたというわけだ。なあ、駒」

「へい。又平、好い女連れてるじゃねえか。あれがおさよさんかい」

「まあな……」

又平はすべてを察して、絵馬を選んでいるおさよを気にしながら、手短にここまでの経緯《いきさつ》を伝えた。

「喜んでいるおさよさんを見ていたら、つい拾った袋を届けに来ただけだとは言えなくなっちまって……」

おさよの亭主は極道者《ごくどうもの》で、女房に煙草屋をさせて自分は飲む打つ買うの三《さん》拍子《びょうし》——歳をとってから子を孕《はら》んだおさよが、誰かと密通していたのではないかと邪推し、生まれた友造をまるでかわいがらず、何かというと辛《つら》く当たった。

そんな境遇では友造がぐれるのも仕方のないことで、十三の時に父親に反抗し、家の鉄鍋で親父《おやじ》の頭を割って大怪我《おおけが》をさせた上、出ていってしまった。

亭主もそれからすぐに酒毒に体の中がすっかりと蝕《むしば》まれて頓死《とんし》した。

一人残されたおさよは、息子を守ってやれなかったことを悔やみながら、友造がいつでも帰ってこられるように、慶養寺裏の小さな煙草屋を守り続けたのであった。

いつか倅が戻ってきたら、昔は小さな手を引いて連れていってやった浅草観音祭を、今度は倅に手を引かれていってみたいものだと思って生きてきたという。

友造はよほど又平に似ていたのであろう。目も疎くなり、耳も遠くなってきたおさよには、子供の頃に持たせた迷子札の入った袋を持って現れた又平を、倅の友造だと思わずにはいられなかった——。

本物の友造がふっと現れたらどうしよう……。そんな思いも頭をよぎったが、友造はよからぬ連中の一味となった——おさよの耳に届いた噂は嘘ではなかろう。十三の時に家を出たなら、あの煙草屋に帰る道を覚えてないわけでもないはずだ。それが今まで一度も母・おさよに会いに戻ったことはなく、御殿山の崖に迷子札の入った袋を落とすようでは、もう二度と帰ってくることもないと思われた。

おさよは何年もの間母を置いて出ていったままだった息子を詰《なじ》ろうともせず、すべては自分が悪かった、いけなかったと涙にくれて詫《わ》びるばかり——。

親を知らぬ又平は、そんなおさよが不憫《ふびん》になり、

「おっ母さん……」

と思わず声をかけていたのだ。

呼べばおさよがどこかで暮らしているやもしれぬ自分の母に思えてきた。この身を捨てた親ではあるが、色々とやむにやまれぬわけもあったに違いない。

浅草祭まであと数日。

こんな嘘をついたとて、いつか哀《かな》しい結末が待っているであろうが、この哀れな母親に束《つか》の間《ま》でもいいから喜びを与えてやりたい……。

又平はそう思って、長く上方《かみがた》へ行っていたが、やっと荒《すさ》んだ暮らしから抜け出て身も落ち着いたので、一度おっ母さんに会って詫びようと思って帰ってきたと、友造に成り切って嘘をついた。

今は知り人の家に厄介になっていて、その商《あきな》いを手伝っているゆえ、煙草屋に泊まれない――そう言って手習い道場に帰ってきていたそうな。

「黙っていて申し訳ありませんでした。何となく気恥ずかしくて、今日の祭がすんでから相談に乗ってもらおうかと……」

「わかるよ又平、お前の気持ちはよくわかる……」

すべてを打ち明け首を竦《すく》める又平に、駒吉は泣きそうになりながら何度も頷いた。

「お前はいいことをしたな。何も恥ずかしがることはねえやな」

栄三郎はもう一度又平の肩を軽く叩いて、

「こうなったらとことん心地《ここち》の好い嘘をついて、後の始末はまたおいおい考えることにしようじゃねえか」

と頬笑んでみせた。

「友造……、お知り合いの御方かい……」

絵馬を買い求めたおさよがそこへ戻ってきた。

「おお、これはおさよ殿でござるな……」

栄三郎はもうすでに心地好い嘘をつき始めた。

「拙者《せっしゃ》は秋山栄太郎《あきやまえいたろう》という者にござる。高輪《たかなわ》で手習い師匠など務めております。これは駒七《こましち》と申しましてな……」

「秋山先生のお傍近くにお仕《つか》えする者にございます」

すかさず駒吉がこれに合わせた。

「それはそれは、手習いのお師匠様にございますか。友造の母親にございます……」

武家風体《ふうてい》の栄三郎から親しげに話しかけられて、おさよは緊張の面持《おもも》ちで何度も何度も頭を下げた。

親なればこその愛情に、栄三郎は胸が熱くなってきて、

「息子殿とはな、某《それがし》が以前上方へ剣術の修行に参った折、ふとしたことから知り合いまして、土地不案内な身を随分と助けてもらいましたのじゃ。真《まこと》に好い息子殿にござるな……」

と、おさよを喜ばす言葉を並べた。

「そのようなことがございましたか……。この子が先生ほどの立派な御方の御役に立っていたなんて、思いもかけませんでした」

息子を誉められて嬉しからぬ母親はいない。たちまち目を細めて又平を自慢げに見た。

栄三郎はますます興が乗って、

「世話になった友造殿が、この度江戸へ出てきたと聞きましてな。今度はこちらがあの時の返礼をする番だと思うていたところ、江戸に母御がおられるとのこと。これは是非お会い致さねばならぬと、かく参った次第にござる」

と語れば、

「上方でお会いした時は、母親とはわけがあって離れて暮らしていると、秋山先生にお話ししたので先生もお気を遣われて、おっ母さんのことを詳しくはお訊ね

にならなかったんだよ」

又平もうまくこれに話を合わす。

「左様《さよう》でございましたか。わざわざ会いに来て下さるほどの母親でもないというのに……。この子と離れて暮らしてきたのは、みなわたしの至らなさゆえのことにございます」

これを聞いて、おさよもしんみりとして下を向いた。

「おっ母さん、もういいよ。ぐれて家をとび出したのはおれがいけねえ……。先生、そういうことなんでございます」

「いえ先生、友造は何も悪くはありません。わたしが頼りないばっかりに未だ独り身で……。早く、誰か好い女《ひと》と所帯を持ってくれたらこれほど嬉しいことはありません。もういつ死んだって……」

「おっ母さん、何を言うんだよ……」

「何だ、友造殿、まだ話してはおらぬのかな」

おさよの様子を見てとって、栄三郎が一計を案じた。

「何の話です……」

又平にはわけがわからない。

「駒七の妹のことだよ」

「え……」

駒吉も首を傾げる。

「駒七さんの妹さん……」

訊ねるおさよに、

「おさよ殿、お喜び下され。友造殿は近々この駒七の妹と所帯を持つことになったのですよ」

栄三郎はしたり顔で答えたものだ。

「友造……！　ほんとうかい……。よかったね……。おっ母さんはもうこれでいつ死んでも……」

「何を言うんだよ、おっ母さん……」

又平は狂喜するおさよを宥《なだ》めつつ、

──何て突拍子《とっぴょうし》もねえことを言ってくれるんだよ、うちの旦那は。

目で栄三郎を詰りながらも、この旦那はもしも自分の前に本当の母親が現れたら、その時もまたこんな風に世話を焼いてくれるのであろう──又平はそんな幸せな想いに包まれていたのである。

さて——。

そんな、人の幸せにお節介を焼く愛すべき三人の男もいれば、この浅草の祭礼の賑わいを忌々《いまいま》しそうに眺め、よからぬことを話しながら浅草寺の境内を道行く不埒《ふらち》な三人連れもいる——。

「〝あれ〟はまだ見つからねえのかい……」

がっちりとして肩幅の広い男が言った。

商家の主風であるが、声には凄《すご》みがあり、丸くふくよかな顔立ちに備わった目からは鋭い光が放たれていた。

その様子を見るに、うまく人込みに紛《まぎ》れてはいるが、ただの町の者には思えない荒《すさ》んだものがある。どうやらこの男が頭目のようだ。

「それが、あの野郎、どこへ隠しやがったのか……」

「もしかして、苦しまぎれに崖の上から捨てちまったのかもしれやせん……」

顎の尖った長身痩軀の男と、小柄で体中が引き締まった男が口々に答えた。

二人はそれぞれその名を弥太《やた》、米次《よねじ》という。

桜が咲き誇る御殿山で、仲間割れの末一人を刺し殺したあの悪党である。

「辺りはくまなく捜したのかい」


「へい、それが切り立った崖のことで、なかなか思うにまかせず……」

「見つからねえままに今日まできておりやす」

頭に問われ、弥太と米次が答える声にはまるで力がない。

「取引の刻限は迫っているってえのに、何を悠長なことをぬかしやがる」

静かな口調での叱責だが、そこにはえも言われぬ魔王の囁《ささや》きのごとき戦慄《せんりつ》の響きが籠《こ》もっていて、弥太と米次はたちまち色を失った。

「頭ァ冷やしてようく考えて捜すんだ。これから先は銭金じゃねえ、おれの面目《めんぼく》に拘《かかわ》ることだ。取引がうまくいかなければ、おれもお前らも生きちゃあいけねえぜ……」

四

賑やかな祭礼に響き渡る町の衆の笑い声、勇ましい掛け声、三味線《しゃみせん》、太鼓の鳴り物、歌う声——それに紛れて穏やかならぬことを言い放ったこの頭目の名を、裏飛脚《うらびきゃく》の儀兵衛という。

「ふざけたことを言うんじゃないよ！」

居酒屋〝そめじ〟にお染の声が響き渡った。

「何が悲しくて、わっちが又公の女房にならないといけないのさ」

「うるせえ！　こっちの方こそ願い下げだ！」

又平がやり返す。

犬猿の仲の二人が吠《ほ》え合うのはいつものことだが、お染が又平の〝女房になる〟とは聞き捨てならない。

これは秋月栄三郎があのおさよ婆ァさんをさらに喜ばしてやろうと、又平演じる友造の女房役――つまり駒吉の妹役に白羽《しらは》の矢を立てたことから始まったものである。

浅草祭の帰りに、もうそろそろ店仕舞いする時分の〝そめじ〟に、栄三郎は又平と駒吉を誘った。

あれから栄三郎は駒吉と共に又平演ずる友造を盛り上げ、おさよを広小路のそば屋に招いて楽しい夕餉《ゆうげ》の一時を過ごした後、今戸・慶養寺裏の煙草屋の家へ彼女を送り届けてから京橋水谷町への帰路についた。

それゆえに、

「お染の店へなんて寄るのはよしにしましょうぜ……」

と又平は渋ったが、

「いや、おれにちょっと好い考えがあるんだよ」

栄三郎はそんな又平を宥めて、もう客足の絶えた〝そめじ〟を訪ね、いきなりお染に、

「少しの間、又平の女房になってやってくれねえか……」

と切り出したから、男勝《まさ》りで気の短いお染のことである。理由を聞く間もなく頭にカーッと血が昇ったのである。

「お染、かっかするなよ。まずおれの話を聞きな……」

栄三郎は友造に成りすました又平のこれまでの一件を美談として語り、とにかく友造の嫁取りが気になって仕方のないおさよに、嫁の顔を見せてやりたいのだとお染をかき口説《くど》いた。

「何が美談だい。下らない嘘をつきやがって。又公、それで悦に入っているとはおめでたい奴だねえ」

「ふん、お前みてえな荒くれ女に哀しいおっ母さんの気持ちがわかってたまるかよ！」

「栄三さん、仮初《かりそめ》にしろ、人助けにしろ、こんな馬鹿と一刻も夫婦になるのはごめんだね」

「それはこっちの台詞《せりふ》だ。旦那、こんな女が女房だなんて言ったら、おっ母さんは寝込んじまいますよ」

「又公、表へ出やがれ……！」

お染は栄三郎の言うことに耳も貸さず、又平と激しく吠え合う。いい加減にしろよと顔をしかめる駒吉を尻目に、栄三郎は愉快に笑った。

「うむ、それだそれだ。それだけ互いに罵《のの》り合えるからこそ、本物の夫婦に見えるんだよ」

栄三郎に言われて、又平とお染は極《きま》り悪そうに口を噤《つぐ》んだ。

「又平、お前の好き嫌いはどうでもいいんだ。おれの無理を聞いてくれて、誰が見たってこの女なら倅の尻をしっかりと叩いて盛り上げてくれると、母親に思わせられる女がいるか？　そんな女はお染の他に一人もいねえよ……」

「う〜ん……」

お染を認めるのは口惜《くや》しいが、又平は栄三郎の言葉に頷くしかない。

お染の方も栄三郎にこんな風に言われると、もう胸を叩くしかない。これ以上吠え続けると、又公をその実男として意識しているのではないかと栄三郎に思われるかもしれないし、結局のところこの〝人たらし〟に頰笑まれると断れないのである。

お染と又平は激しく睨《にら》み合いながら、やがて栄三郎に大きく頷いたのであった。

「大したお人だなあ……」

店の端にいて、途中から手酌《てじやく》で酒を飲んでいた駒吉が、呆《あき》れたように栄三郎を見て呟いた。

翌日の昼下がり――。

浅草今戸・慶養寺裏の煙草屋は早々と商いを終えて、その奥の狭い一室からはこの屋の主・おさよの明るい笑い声が聞こえていた。

今日はここを、栄三郎、又平、お染が訪ねていて、件の計画を実行しているのである。

さすがに瓦職の仕事も休んでばかりおられずに、この日駒吉はお染扮《ふん》する〝妹・おその〟の付き添いはしなかった。

しかし本音を言うと、おさよを訪ねたものの又平とお染が喧嘩《けんか》を始めるのではないかと心配であったのだ。そんなことになれば栄三郎のように自分は落ち着いていられない。それに、又平が友造ではないことに、おさよがいつか気づくのではないか——そのいつかに立ち会ってしまうことが駒吉には怖かった。

その瞬間のおさよの落胆ぶりを見るのが不憫でならない。

実際、又平とお染の〝新婚〟ぶりはなかなかにはらはらさせてくれるものであった。

今日に臨《のぞ》んで栄三郎が作り上げた物語はこうだ——。

かつて秋山栄太郎が、駒七とその妹・おそのを伴《ともな》い上方へ行った折、天満宮《てんまんぐう》の境内《けいだい》で田楽豆腐《でんがくどうふ》の屋台を出していた友造と知り合った。田楽豆腐を求めたところ、これが栄太郎の好みの味で話が弾《はず》んだのである。

友造はすっかりと栄太郎の人柄に惹《ひ》かれ、栄太郎一行が大坂《おおざか》滞在中はあれこれ旅の世話を買って出た。そうしてそのうちに、友造がおそのに恋心を抱いてしまった——。

打合わせの折、この件についてはどちらが先に惚れたかで、又平とお染は随分と言い争ったものだが、話の流れの美しさは友造が惚れた方がよかろうと栄三郎が判断を下したのである。

江戸へ戻ったおそのも友造のことを忘れられず、友造はおさよに詫びた後、おそのに一緒になってもらいたいとその気持ちを確かめた。

そして今日、女房になるおそのをおさよに会わせるために来た――。

駒吉の不安も何のその、おさよはすっかりと栄三郎の作り話を信じて嫁の出現に大喜びであった。

まだあどけない頃の友造の面影《おもかげ》しか頭にないおさよは、あの迷子札を持った息子に似た又平がやって来た時、待ち焦《こ》がれた日々の念が一気に噴出し錯綜《さくそう》し、体中の感覚が又平を友造と思いこませることで、己《おの》が精神を安らかにしたのであろう。

こうなるともう少々のことでは疑わない。

喜びたいという欲求が津波のように押し寄せて、あらゆる警戒心を呑みこんでしまったようだ。

「そのと申します。末永くよろしくお願いいたします……」

重箱に煮染《にしめ》や焼き蛤《はまぐり》に田楽豆腐などを詰めて持参して、お染は楚々《そそ》としておさよの前で三つ指を突いた。

その姿がおかしくて、又平は噴《ふ》き出した。

「これ友造、そうやって横から茶々を入れるもんじゃありませんよ」

おさよはそんな息子を窘《たしな》めたが、

「ははは、すまねえすまねえ……。おそのは日頃こんなんじゃねえからおかしくて……」

「こんなんじゃない……。じゃあ、どんなんだい……？」

お染はおさよの視線を避けて、又平をじっと睨みつけた。唇は怒りに震えている。

「何言ってやがんだ。おっ母さんは優しい人だから、そんなに声まで余所《よそ》行きにしなくていいってことだよ」

又平はからかうように言った。

だからといってこんな場で、深川辰巳仕込みの男勝りな声を出していいわけがないではないか。

「又公……」

怒りに思わず口をついたお染の言葉を、

「え⁉　またこう……、またこうって何だ？」

大仰《おおぎょう》に聞き直す又平にお染はなおも腹を立てたが、栄三郎が苦い顔で見ていることに気がついて、

「またこうんな意地悪を言うのだから、友造さんは……」

かなり苦しい言い逃れも、おさよには仲の好い男女の馴《な》れ合いに聞こえて、

「友造がいけないよ……」

と愉快に笑った。

「喧嘩するほど仲が好いのがこの二人でござってな。さあ、頂きましょう……」

栄三郎は又平とお染の喧嘩に手こずったもののしてやったりと、おさよに重箱の料理を勧めた。

思えばいちいち出張《でば》ってきて、仲人《なこうど》のような顔をして嫁の拵《こしら》えてきた料理を姑《しゅうとめ》に勧めるとは甚だお節介な男であるが、おさよはつくづくと倅にこのような人がついてくれていることを喜んだ。

「ほんにおいしい物ばかりだこと……」

それからおさよは何を食べても感嘆して、お染の料理の腕を誉め、

「こんなにきれいでしっかりとしたお人が、よく見つかったねえ……。おそのさんの親御さんはさぞ自慢の娘だと思っていたのでしょうね」

〝駒七の妹〟であるおそのは、早くに二親を亡くして兄と共に江戸へ出てきたことになっている。おさよはこんな好い女に成長した娘を見られぬままに亡くなったという二親を想い、

「わたしはほんに幸せ者ですよ」

と、目に涙を浮かべてしんみりとした。

嬉しいと頷くお染の目許にも光るものがあった。

芝居ではない。それは心からお染の心を濡《ぬ》らしたものだ。湿っぽいことはごめんだと、泣き顔など見せたことのないお染が初めて見せる涙の滴《しずく》であった。

「芸者をしていた女の昔話など、聞くだけ野暮《やぼ》でござんすよ……」

それが口癖のお染にも、思い出せば胸の痛む、親の面影が付きまとっているのであろう。

「ヘッ、ヘッ、お前の泣き顔を初めて見たぜ……」

喧嘩相手がこれでは拍子《ひょうし》抜けだと、又平は憎まれ口を吐いたが、

「友造！　人の涙をからかっちゃあいけない」

おさよに叱責され、そうだわかったか馬鹿野郎というお染の目に気圧《けお》され、又平は沈黙した。

その様子を見てとった栄三郎は、頃やよしと又平に目で合図を送り、又平はお染と共におさよに対して姿勢を正し、

「おっ母さん、おそのを気に入ってくれたかい」

と、今さらながら問うた。

「気に入るも気に入らないもあるもんかい……。おそのさん、どうか友造のことをよろしくお願い致しますよ……」

おさよは心地よく頭を下げた。

「おっ母さん、おれは今、知り人が営《いとな》む芝《しば》の神明《しんめい》の小さな居酒屋で厄介になっているんだが、ここの仕事を手伝うのもいつか自分の居酒屋を開いてみたいと思うからこそ。それがなあ……」

ここでお染が話を継いだ。

「わたしの生まれ在所は駿府《すんぷ》でございまして、そこにただ一人住んでおります身寄りの者が一膳飯屋を営んでいたのですが、このところ体の具合を崩しまして、お前に任せたいのだがと……」

おさよは話を聞いてすべてを察した。

「友造、一緒に行ってその店を立派に切り盛りなさい……」

と、優しく又平を見た。

「だがおっ母さんを置いては……」

渋る倅の姿をおさよはありがたく仰《あお》ぎ見て、

「おっ母さんのことはいいんだよ……。こうしてお前にもおそのさんにも会えたことが夢のようだ。新たに店を営むのに、足手まといがあっちゃあいけない」

「おっ母さん……」

又平は涙を流した。その心は友造の想いになっていた。

親ならば必ずこう言う――すべては栄三郎の予想のまま会話が進んでいくのが、親のない又平に感動を与えていたのである。

「時に文《ふみ》をおくれ……」

「わかったよ……」

「いつか店が落ち着いたら、またこうしてここへ顔を見せておくれ」

「当たり前だ。いつか……、いや、そのうち必ずおっ母さんを迎えに来るよ……」

又平は暮らし向きの足しにと、なけなしの一両を渡そうとしたが、おさよは頑《がん》として受け取らず、しっかりと倅の顔を見た。

「わたしのことはいいから……。よく訪ねてくれたね。浅草のお祭、今日のお弁当……。この思い出さえあれば、これからの暮らしに何の寂しさもないよ。お気ばりなさい……」

又平は大きく頷いた。同時に、このような好い母親がいるのに、放ったまま顔も見せぬ友造に対しての怒りが沸々《ふつふつ》と湧《わ》いてきた。

やがて栄三郎が又平、お染を促《うなが》し、おさよの家を出た時にはもう日も暮れていた。

別れ際、おさよは又平にもうここへは来てはいけない、一刻も早くおそのと連れ立って駿府へ行くようにと突き放すように言って、家の内で別れ、戸を閉めたのである。

あまりにも見えすいたおさよの強がりに、又平は件の迷子札が入った袋を掲《かか》げて見せて何か声をかけようとしたが、栄三郎はそんな又平の袖をそっと引いて帰路についた。

少し歩くと、先日あれこれ教えてくれた小間物屋の主が表にいて、

「ああこれはこれは……。お前さん、おさよさんの息子さんだったんですってねえ。お人が悪いですよ。ぺらぺらと余計なことを喋《しゃべ》ってしまったじゃありません

か……」

又平の姿を見るや、ぺこぺこと頭を下げた。

又平はそれには何も答えず、先ほどおさよに渡そうとして受け取ってもらえなかった一両を取り出し、小間物屋の手に握らせて、

「おっ母さんのことをあれこれよろしくお頼み申します。何かあった時はこいつでどうか……」

「あ、いや、何もこんなものを頂かなくても……」

「いいから、よろしくお頼み申します……」

又平は有無《うむ》を言わさず金を受け取らせて、栄三郎とお染に会釈《えしやく》してすたすたと歩きだした。

しばらく三人は無言で歩いた。

「又平、お前は好いことをしてやったな」

やがて先頭を行く栄三郎が振り向いて言った。

「だがもうここまでにしておけ」

「へい……。わかりましてございます……」

「お前は友造じゃあねえ。おれが頼りにしている雨森《あまもり》又平だ。他人の姿を背負っ

て生きてもらいたくはねえや」

「へい……」

「時に手紙を友造に代わって書いてやれ。文のやりとりは、おれが駒吉とはかってうめえこと取り次いでやろう」

「畏《かしこ》まりやした……」

「そっと様子を窺ってやるから、おさよさんが病にでもかかりゃあ、その時は駿府から急いで駆けつけてやれ。もうそれでいい……。一人息子の友造はぐれた昔もあったが、今じゃあ立派に立ち直って、早くおっ母さんを呼んでやりてえ……。そう思いながらも日々の暮らしに追われている……。それでいいんだよ」

「へい……、へい、そうでやすね……。初めから旦那に相談すりゃあよかった。許しておくんなせえ……」

栄三郎はおさよを労りつつ、何よりも又平のことを気遣ってくれていたのだ。

栄三郎の温かい思いやりを総身に受けとめ、又平は両の眼から涙を溢《あふ》れさせた。

——友造とて、栄三の旦那のようなお人に出会っていたらよかったのに。

おさよに見たこともない母の面影を抱いて泣き、栄三郎の優しさに泣き……。

まったく泣き虫な男である。

「お染、お前にもとんだ迷惑をかけちまったな……」

詫びる又平に、

「又公、泣きゃあいいってもんじゃないだろう。今日のけりは、きっちりつけてやるからね」

お染はやはり憎まれ口――この女もまったく強情っ張りだ。

栄三郎は困った困ったと呟きながらも、又平とお染の喧嘩を見ていると幸せな心地になる。それが彼の日常にとって泰平の証なのである。

しかし、そのほのぼのとした栄三郎の想いはすぐにかき消された。夜道の闇の向こうにただならぬ殺気が漂《ただよ》っていることに気づいたのだ。

――うむ、やはりそうだ。誰かにつけられている。

ちょっと危ない橋も渡る――取次屋稼業を送る秋月栄三郎は、身の回りに漂う異変を察知する術《すべ》に長《た》けている。

栄三郎達をつけているのは一人ではないようだ。

軽業を身につけた又平は大事ないが、お染が一緒なのが厄介である。

おまけに、帰りは柳原《やなぎわら》の船宿で船を仕立てようとして、稲荷《いなり》脇の寂しい小路《こうじ》に足を踏み入れてしまっていた。

――気づくのが遅かった。

栄三郎は歯嚙《が》みしながらも、落ち着き払って五感を研《と》ぎ澄ました。

五

時は少し遡《さかのぼ》る――。

今戸町のおさよの煙草屋を出る秋月栄三郎、又平、お染の姿を、そっと路地陰から窺い見ていた一団があった。

裏飛脚の儀兵衛とその乾分・弥太と米次である。

「あの婆《ばば》ァがほんとうに友造の母親なのかい」

「間違いありやせん……」

首を傾げる儀兵衛に弥太が答えた。

「どういうことだ……」

あの日、御殿山で弥太と米次が闇に葬った細い目の男は、案に違《たが》わずおさよの倅・友造であった。

悪党の頭・儀兵衛の目を掠《かす》め、友造は百両と裏取引に必要な〝あれ〟を盗み出し、逃げたところを弥太と米次に追い詰められ、遂《つい》には殺されたものの、その懐に〝あれ〟はなかった。

思い起こせば友造には、浅草寺近くに一人煙草屋を営む母親がいると聞いたことがある。

そこへ預ける間もなく品川で投宿した旅籠《はたご》から逃げ出した友造を始末したが、まさかのこともある。

それゆえ、何とか友造の母親が営むという煙草屋を捜し出し、いざという時のための殺し屋まで雇ってそっと様子を見てみれば、浪人者と夫婦者が友造の母親の家へとやって来て、しばらく滞在した後出てきたのだが、その際母親は夫婦者の亭主の方を〝友造〟と呼び、男は〝おっ母さん〟と応えた。

確かに友造に似ている――となるとこの男は、まだ子供の頃に家を出た記憶の曖昧《あいまい》さをついて友造に成りすましたのに違いない。

さらにこの偽友造は、母親との別れ際に御守袋のような物を掲《かか》げて見せた。

「あの袋でさあ……」

それを見た米次が低く呻《うめ》いた。

「友造は預けた〝観音像〟を、いつもあの袋の中に入れてやがったんですよ

「……」

弥太と米次が友造を殺しその懐を調べたのは、まさしくあの袋を奪うためであったのだ。

友造は何らかの形であの袋を母親の許に届けた。

そしてそれを知る何者かが、友造に似ているのを好いことに、友造に成りすましてあの袋を奪ったのだ――。

儀兵衛はそう判断した。

「そうなりゃあ、奴らも同じ穴の狢《むじな》ってわけだ。生かしちゃあおけねえ。少々荒っぽいことをしても息の根を止めて取り返すんだ……」

儀兵衛は念の為におそのの煙草屋の押さえに弥太を残し、自分は偽友造達の後をつけ、すばしこい米次に殺し屋達との繋《つな》ぎをとらせたのだ。

裏飛脚の儀兵衛がそこまでこだわる取引とはいったい何であろうか――。

たまたま御殿山で体を鍛える最中に見つけた件の袋に、そんな意味が込められていたとは露も知らぬ又平は、今、擬似母子《ぎじおやこ》の別れを終えて感傷に浸《ひた》って人気《ひとけ》のない夜道を歩いているのであった。

「又平……」

秋月栄三郎は囁くように言った。

「おれ達は誰かに狙われているようだ……」

「そいつはいってえ……」

さすがは取次屋の番頭である。驚いても大きな声は発せず、声を殺して栄三郎を何事もないように見た。

お染もまた気丈《きじょう》に顔色ひとつ変えずに栄三郎に寄り添って、

「こっちは踏んだり蹴ったりだよ……」

と小声で毒づいた。

「すまねえ、おれの考えが足りなかった……。友造が関わっていたいざこざに、どうやら巻きこまれたようだ」

栄三郎はお染に詫びつつ辺りに気を配った。

「又平、おれがよしと言ったら、あの杉によじ登って火事だと叫べ」

「へい……。旦那、気をつけておくんなさい……」

「お染はおれから離れるな……」

「まったく、馬鹿がおかしな物を拾うからこんなことになるんだよ。わっちはもう金輪際《こんりんざい》こんな話には……」

「よし！」

お染の嘆きが終わらぬうちに栄三郎は低く野太い声を発し、お染の手を引いて走りだした。途端、闇から浪人者二人が又平に向かって殺到した。

同時にぶら提灯《ちょうちん》を投げ捨てるや、杉の大樹に猿《ましら》のごとくよじ登った又平は、浪人者の襲撃を嘲笑《あざわら》うように木の上で、

「火事だ！」

と叫んだ。

「畜生め……」

裏飛脚の儀兵衛は地団駄を踏んだ。

今こそ襲撃をと浪人者に指示を出せば、件の袋を持つ男は思いの外《ほか》身軽な男で、誰も登れぬ大木の高みで叫んだ。

ということは、この連中は町方役人に助けを求めることのできるまともな奴らであったということではないか。

しかも儀兵衛の動きを読んだ秋月栄三郎は、お染を連れて逃げると、走りながら右手で刀を抜き、慌てて追いすがる一人の殺し屋を振り返りざまに鮮やかな剣

技で斬って捨てた。

殺し屋の一人は高股《たかもも》を斬られてその場に倒れこみ、栄三郎は稲荷社の祠《ほこら》にさっとお染を放り込み、これを後ろに平青眼《ひらせいがん》に構えた。

この男はできる――又平に頭上高くへ逃げられた浪人二人は、諦《あきら》めて栄三郎に打ちかかろうとしたが、生半《なまなか》な腕ではない相手に慎重にならざるを得ない。

「火事だ！」

この間も木の上では又平が叫ぶ――。

「まずは退《ひ》け！」

儀兵衛は仕方なく米次と浪人者達に退散を命じたが、何としたことであろうか――儀兵衛達は新たに闇の向こうの四方から殺到した男達の手によって、次々と打ち倒されていった。

男達の手には一様に十手《じって》が握られている。

侍風体《ふうてい》の者は町方同心の変装、町人姿はその小者《こもの》達であることが窺い知れた。

「おう……、これは……」

一隊を指揮している武士の姿を御用提灯の灯りに見て、思わず栄三郎は頬笑んだ。

何度か事が起こった時に顔を合わせている南町奉行所の凄腕の臨時廻《まわ》り同心・中沢信一郎《なかざわしんいちろう》その人であったのだ。

「中沢様ではございませぬか、いやいや助かりました。これはいったいどういうことなのです」

ほっと息を吐いて栄三郎は人懐《ひとなつ》こい目を向けた。

「どういうことかは、まずこちらが教えてもらいたいものだ……」

中沢は太い眉《まゆ》を八の字にして、いかにも篤実《とくじつ》そうな表情に苦笑いを浮かべた。

儀兵衛、米次以下、殺し屋の浪人達はことごとく捕らえられ、ひとまずは両《りよう》国《ごく》の橋番所に放りこまれた。

秋月栄三郎は、又平、お染と共に番所のすぐ傍の掛茶屋へ中沢信一郎に案内され、ここで今までの成り行きを余さず話した。

中沢は話を聞くや感じ入って、

「ほう、それは好いことをなされましたな」

と、又平の優しさと栄三郎、お染の物好きとも言える又平への協力を称《たた》えた。

「いや、しかし、あの煙草屋から先生達が出てきたのを見た時は驚きましたよ……」

臨時廻り同心・中沢信一郎の話によると――。

裏飛脚の儀兵衛というのは、その名の通り闇の運び屋の頭であった。

抜け荷の品、盗み出された古美術などを売り捌《さば》く香具師の一団に、盗賊や密貿易商から受け取った品を届けるのがその仕事である。

売り手と買い手は互いに縁を深めたくない。深めて下らぬ情が絡《から》むとろくなことがないからだ。

そこで裏飛脚屋が暗躍する。

儀兵衛は東海道《とうかいどう》一円を縄張りとしていたが、南町奉行所では、先般さる商家から蔵の金子と共に盗まれた名器の香炉が出回るようだという噂が好事家《こうずか》の間に立ち始めたことを摑み、儀兵衛一味が江戸へ入るのではないかと内偵し、網を張っていた。

何度か取引の場に踏み込みながらその度に逃げられていることから、今度のことは南町としても威信にかかわると、老練の中沢信一郎をして慎重に探索を続けていた。

そんな時、御殿山で三人組が争っていて、二人が一人を倒し、やがて担いで姿を消したという情報が入った。

目撃したのは物乞《ものご》いの男で、前日、花見客の前で下手な声色《こわいろ》を披露《ひろう》したのが殊《こと》の外《ほか》受け、振る舞い酒に浮かれ、そのまま莚《むしろ》の下敷になったような恰好《かっこう》で眠り呆《ほう》けていた。

それが夜明けを前に、さすがに寒さに目を覚まして這《は》い出ようとしたところ、凶行を見てしまったのだ。

物乞いの証言から、三人組は儀兵衛の手下ではなかったかと思われた。弥太、米次、友造……。中沢が追いかけていた三人に特徴がそのまま当てはまる。

連中は仲間割れを起こしていたという。

そうなると用心深い儀兵衛も何か屈託を抱えていることになる。今度はその落ち着きのなさで墓穴を掘ることがあるやもしれぬ。

中沢は品川に投宿した儀兵衛達の足取りを調べあげ、網をせばめていった。

すると、かねてから目をつけていた、深川に巣食う不良浪人達に怪しき男達が接触しているとの報《しら》せが密偵達から耳に届いた。

浪人達の動きを見張り泳がせて様子を見ると、儀兵衛と思《おぼ》しき男の影が浮かんできた。

そして今日、その動きを密《ひそ》かに追ううちに栄三郎達とでくわしたというわけである。

「用心深いという儀兵衛が何故《なにゆえ》、こんな思い切ったことをしたのですか」

話を聞いて栄三郎が問うた。

「この木彫りの観音像を、どうしても取り返したかったのでしょうな」

中沢は又平から渡された袋の中に入っていた観音像を手にとってつくづくと見た。

「この後、儀兵衛の口から何もかもが明らかになるであろうが、わたしの見たところでは、これは荷を受け取る時の符牒《ふちょう》なのではと……」

「なるほど……。互いにそれを見せ合って、その上で荷の受け渡しをするということですか」

儀兵衛はこれを手下の友造に預けたのだが、この時友造には仏心が生まれつつあった。

裏飛脚の儀兵衛は荷を届けるためには手段を選ばない。自らも匕首を抜き、あるいは浪人者を雇い人の口を封じたことも珍しくはない。

儀兵衛にとって江戸での取引は二年ぶりとなった。その間に友造は儀兵衛への不信の念を高めていたようだ。

その心の奥底に浮かんだのが、未だ一人で江戸に暮らしている実母・おさよの面影であったのかもしれない。

友造はこの観音像を持ち出したまま行方《ゆくえ》をくらまそうとして殺されてしまった。

しかし、最後の力を振り絞《しぼ》って、観音像が入った袋を崖の下へ放り投げた――。

「友造のその気持ちが儀兵衛達の召し捕りを早めてくれたというわけだな……」

中沢は死んでしまった友造と、未だその事実を知らず又平がついた嘘で幸せな気分に浸《ひた》っているおさよを哀れに思ったか、少し口を噤んでしげしげと、悪事の取引に使われようとした観音像を見た。

「中沢様……」

神妙な面持《おもも》ちで話を聞いていた又平が、中沢の前で手をついた。

「どうかおさよさんには、友造が殺されたことは言わずにおいてあげて下さいませんか……」

又平の願いに中沢はふっと笑って、

「黙ってすますわけにもいくまいが、お前さんのせっかくの優しさが無になってしまうのも心苦しい……。お奉行に申し上げてみよう」

「ありがとうございます……」

又平は中沢の好意に深々と頭を下げた。

「連中がおさよの家を襲っておらねばよいがな……」

「おさよさんの家を襲う……？」

ぽつりと言った中沢の言葉に又平ははっとして顔を上げた。

「捕まえた中に、儀兵衛の片腕と言われる弥太という男の姿がなかった。もしや口封じにおさよを始末しようとしていたら……」

中沢の言葉が言い終わらぬうちに又平は跳ね起きて、

「じょ、冗談じゃねえや！　そんなことがわかっているなら、ここで悠長にしてる場合じゃねえでしょう！」

と、一声発するや駆け出した。

背後から呼び止める声が聞こえたが、又平はひたすらにおさよの家を目指して振り向きもしなかった。

「おっ母さん、無事でいてくれ……」

又平は心の底から祈るような想いがこみ上げてくるのを覚えた。

その切なく胸に沁《し》みる想いは女に対する恋情ではない。

名も知らぬ母親への憧憬《しょうけい》が又平の心を突き動かし、孝養を果たせぬ身の焦燥《しょうそう》を、おさよへの慈愛によって思い知らされたのである。

たちまち又平は今戸橋を渡り、慶養寺裏の通りへと出た。

「まさか……」

おさよの煙草屋の前には人だかりが出来ていて、それをかき分け向こうへ出ると、一人の浪人者と痩身長軀の男が一人、今しも町方役人に取り押さえられて縄を打たれているところであった。

指揮をとっているのは、南町奉行所定町廻《じょうまち》り同心・前原弥十郎であった。

中沢信一郎に抜かりがあろうはずはない。

栄三郎、又平、お染をつけ狙う連中を捕縛する一隊とは別に、弥十郎をしておさよの家を見張らせていたのである。

儀兵衛におさよの始末を命じられた弥太は、儀兵衛が捕らえられたことも知らずに煙草屋の客を装い、浪人者一人と共にいざ押し入らんとしたところをまんまと取り押さえられた。

又平はそこへ駆けつけてきたのである。

「おう、お前、無事でよかったな。はッ、はッ、……」

顔馴染《なじ》みの又平を見て、弥十郎があれこれからかうように話しかけてきたが、又平の耳にはまるで入らない。

まさかおさよは殺されていないかと、そのまま家へ飛び込んだ。

「おっ母さん……！」

そこには弥十郎の小者に守られたおさよが元気な姿を見せていた。

「来てくれたんだね……」

おさよは又平の姿を見るや感極まって、泣きながら又平の傍へと駆け寄った。

「よかった……。無事だったんだね……、おっ母さん……」

又平はおさよの手を取った。その双眸《そうぼう》からはたちまち涙が滝のようにこぼれ落ちた。

二人は所構わず本当の母子《おやこ》のようにおいおいと泣きだした。

「さすがは南町の御役人だ……。抜かりはなかったんだね。おれは馬鹿だなあ……」

涙を拭う又平を、おさよはつくづくと見つめて、

「申し訳ないことをしました。ありがとうございます。他人のわたしにここまでしてくれて……」

と、丁寧《ていねい》に頭を下げた。

「え……？」

間の悪いことこの上ない蘊蓄《うんちく》お節介男の前原弥十郎が、また余計なことを言いやがったのかと又平は思ったが、

「お前様が友造でないことは、とっくにわかっておりました」

おさよは目を伏せながら言ったものだ。

「そうかい……。わかっていなすったかい……」

「はい……。歳をとって、目が疎くなって、耳が遠くなっても、自分の子かそうでないかぐらいはすぐにわかります……」

「はッ、はッ、そうだろうな……」

「でも、あの迷子札を手にした姿を見た時、友造が帰ってきてくれたと信じたくて……。死ぬまでに、一度でいいから倅に手を引かれて浅草のお祭に行きたくて……、御親切に甘えてしまいました……。許して下さい……」

詫びるおさよの肩に又平は優しく手を添えて、

「謝ることはないよ。おれは又平というんだが、生まれてすぐに浅茅ケ原《あさじがはら》の西っ方にある、総泉寺《そうせん》の御堂の裏の濡れ縁に、麻の葉柄の産着《うぶぎ》に包まれて捨てられていたそうな……」

「では又平さんは親の顔も……」

「へい、名前すら知らずに大きくなりやした。それがゆえに、おさよさんのことが本当のおっ母さんのように思えてきましてねえ。いい想いをさせてもらいましたよ」

「そうでしたか……。いつかおっ母さんに会えたらいいですねえ」

「会えますかねえ……」

「会えますよ。目が疎くなろうが、耳が遠くなろうが、自分が産んだ子はすぐにわかるものです。ひょっとして、いつか声をかけられるやもしれませんよ……」

「そうですかねえ……」

「はい……」

又平の顔に笑みが戻った。

笑顔の中で、少し尻下がりの目が糸のようになる――これが又平の一番好い顔なのである。

六

「田辺屋殿にまた御厄介をおかけしてしまいましたな」

「厄介などとんでもないことでございますよ。ちょうどあの質屋《しちや》も、誰か店番はおらぬかと探していたところでしてな。秋月先生のお蔭で好い人が見つかったと、友蔵《ともぞう》も喜んでおりますよ」

「それにしても、さすがは田辺屋殿でござるな。〝丸友《まるとも》〟の主殿にお目をつけられたとは」

「大したことでもございませんよ。友造という名を聞いて、そういえば昔馴染みの友蔵はどうしているかと……」

桜の花は散ってしまった。

それと同時に、このところの陽気は暖かで真に心地好く、少し気を許すとうつらうつらとしてしまう。

秋月栄三郎はこの日の昼下がり、日本橋呉服町に田辺屋宗右衛門を訪ねていた。

二人はさっきから奥座敷で向かい合い、にこにことしながら、鉄砲洲《てっぽうず》で獲《と》れたという鱚《きす》の天ぷらを肴《さかな》に一杯やっている。

己がお節介の後始末を持ち込んだ上に、その礼を言いに行ってかえって馳走《ちそう》に与《あずか》る——栄三郎は、この分限者《ぶげんしゃ》とはそういう付き合いを繰《く》り返している。

決して富裕の商人の財にたかるわけでもなく、美しい金の使い方はこうだと説くわけでもない。

秋月栄三郎という男は堂々として遠慮をせず、絶妙の愛敬を添えてあれこれ頼み事をしてくる。

これが宗右衛門にとっては真に心地が好い。

百人もの奉公人を擁《よう》する大店《おおだな》の主ともなれば、きれいに遊びつつ、寺社や町内の行事を後援するという旦那道を貫くことが求められる。

それゆえに、本業の外《ほか》に時を費《つい》やす道楽の種は限られているものだ。

しかし、栄三郎が持ち込んでくる話に一丁嚙むことの何とおもしろいことか。

これほどの道楽はないと宗右衛門は思っている。

孤高を強《し》いられる宗右衛門にとって、栄三郎の頼み事は待ってましたとばかりにわくわくとして嬉しいものなのである。

この度、栄三郎が持ち込んだ頼み事は、煙草屋のおさよのことであった。

長く家を出ていた倅の友造は、悪党一味の乾分に成り果てて殺された。その上におさよ自身も命を狙われたのである。

そのまま慶養寺裏に住み続けさせるのも気が引けた。しかし、年老いた女が新しい土地で一人生きていくのは大変なことだ。

そこで栄三郎は田辺屋に宗右衛門を訪ね、何か好いおさよの身の振り方はないかと相談したのである。

ただし、田辺屋で雇うということだけはしないように――それだけを条件とした。

〝こんにゃく三兄弟〟といい、手習い子のおはなとその母親のおゆうといい、栄三郎はすでに宗右衛門の好意で何人もの身の振り方を相談して、田辺屋に雇ってもらっていたからである。

宗右衛門は少しの間考えた後、はたと思いついて、昔馴染みの友蔵の許へ預けようと言い出した。

友蔵は七年前までは、日本橋通南三丁目で親の代から古道具屋を営んでいたのだが、近所で着々と商いを伸ばす宗右衛門がおもしろくないと、新たに株を買って浅草聖天町《しょうでんちょう》で〝丸友〟という質屋を始めていた。

その友蔵が以前から店番ができる女中を探していたのを思い出したのだ。

気楽に商いをしたいとの理由で、今は〝丸友〟に奉公人はいない。母屋《おもや》の離れには一刀流の剣客《けんかく》を間借りさせているので用心に抜かりはない。

「まあ、年増《としま》の色っぽいのもいいが、それではこっちも商いに身が入らない。質屋にはちょいとばかり癖の強い奴らが出入りするだろうから、面倒な時はうまい具合に耳の遠いふりを決めこめるような婆さんがいいねえ。蔵の隣《となり》の物置小屋に手を入れて人が住めるようにしておけば、おれは気楽に外をほっつき歩けるってもんだ。どうだ宗右衛門、羨ましいだろう……」

宗右衛門はこれにおさよを送り込んだ。

字は違えど息子の名は同じ〝ともぞう〟である。話を聞けば気の毒である。自分の母親にしては少しばかり歳は若いが、

「そんならおっ母さんと呼んで大事にするよ。宗右衛門、羨ましいだろう。お前、近頃おっ母さんなんて言葉を使ったことがねえだろう……」

友蔵は宗右衛門に憎まれ口を叩きながらも親友の頼みを快《こころよ》く引き受けてくれ

た。

その後又平は何かというと〝丸友〟に顔を出し、彼もまた〝おっ母さん〟と呼んではおさよの無聊《ぶりよう》を慰《なぐさ》め、友蔵の頼まれ事などをこなしているのである。

「何がさて、ようござった……」

栄三郎は長めの柄《え》がついた銚子《ちようし》を手にして、宗右衛門に酒を注いで少し頭を下げた。

「真にもって、よろしゅうございましたな……」

宗右衛門はふくよかな顔を綻《ほころ》ばせた。

「おさよさんもこれで、秋月先生の人の輪の中に身を置くことができたのですから……」

「それがいいことですかねえ」

「堪らなくいいことですよ。とりわけ寂しい年寄りなどには……」

「それはよかった……」

「そういえば長いこと言っておりませんな」

「何がです」

「おっ母さん……と」

「わたしは上方者ですから、お母はんとか、お袋殿と呼んでおりましたが、好い響きですな」

「はい。好い響きです」

「おっ母さん、か……」

第四話

浮かぶ瀬

一

居酒屋〝そめじ〟のいつもの小上がりで、秋月栄三郎がその若い男と一杯やっているのを見た時——店にやって来た客達は、一様に眉《まゆ》をひそめ、

「旦那《だんな》、やってますねえ……」

といういつもの挨拶《あいさつ》もなく、ちょっと会釈《えしやく》を交《か》わしただけでどこかよそよそしい風を醸《かも》しながら各々《おのおの》酒肴《しゆこう》を注文した。

どうやら栄三郎と話している若い男は、皆から好かれていないようだ。

栄三の旦那はどういうわけであの野郎と親しげに話しているのであろう——。

口には出さねど心の内で彼らがそう思っていることは明らかである。

それと共に、さすがは秋月栄三郎である、あんな奴《やつ》までも手懐《てなず》けたとしたら大したものだと、皆一方では興味津々《しんしん》なのだ。

客の面々は〝善兵衛長屋〟の住人ばかりで、筆職人の彦造《ひこぞう》、大工の留吉《とめきち》、左官の長次《ちようじ》などはなかなか気持ちの好《い》い男である。

子供達は栄三郎の手習い子で、自分達は剣術の弟子であるから、栄三郎の身内

を日頃公言している。

栄三郎が親しい者は自分達にとっても親しめる相手である——そう信じて疑わないこの連中が快《こころよ》く思っていない若者とは、いったいどんな男なのであろうか。

「先生よう……、ほんとうにそんなことができるのかい」

「ふッ、お前ができねえと思ったらもうおしめえじゃねえか。権太《ごんた》の捨吉《すてきち》が気の小せえことを言うな」

「ちぇッ、喧嘩《けんか》するのとわけが違うぜ」

「お前なら、その気になりゃあ何だってできるよ」

「信じていいんだな」

「手前《てめえ》を信じやがれ！」

「わかったよ……。わかった！」

秋月栄三郎に生意気な口を利《き》いている若い男は捨吉というようだ。

栄三郎が〝権太〟と言うように、額《ひたい》に向こう傷、着物は下馬《したうま》、眉などは毛抜きで細く揃《そろ》えていて、この捨吉が堅気《かたぎ》の若者でないことは一目でわかる。

捨吉は鉄砲洲の金貸し・喉仏《のどぼとけ》の誠二《せいじ》の許《もと》に出入りする若い衆である。

元々、この辺りをうろうろしていた不良少年であった頃から、乱暴者で鳴らした捨吉の腕っ節を買った誠二は、手間を与えて借金の取立てをさせていた。

滅法喧嘩が強く凶暴で、借金の取立てなどしている二十歳《はたち》過ぎの若造が、人に嫌われるのは仕方のないことであった。

言葉遣いは乱暴なものの、やがて捨吉は栄三郎相手に何やら真顔であれこれ話した後、

「わかった！」

と短く叫んで、そそくさと店を出た。

捨吉が立ち去ったのを確かめると、彦造、留吉、長次は栄三郎の傍《そば》へと寄ってきて、

「奴は〝山犬の捨吉〟でしょう」

「栄三先生が奴と親しかったとは知りませんでしたよ」

「いってえ何をぬかしてやがったんです」

と口々に言い立てた。

栄三郎はいつもの、人を食ったような笑みを浮かべて、

「まあ、栃《とち》の実《み》がはじけたってところだ……」

と、この男にしては珍しく、ちょっと難しい喩《たと》えで答えた。

案の定、わけがわからず彦造達は顔を見合って首を傾《かし》げる。

チロリの酒を運んできたお染だけは、にこりと栄三郎に頰笑《ほほえ》んだ。

時は立夏《りっか》を間近に控えた頃。

踊り出したくなるようなぽかぽか陽気が続いていた。


秋月栄三郎が〝山犬の捨吉〟と知り合ったのは、遡《さかのぼ》ること半年前——。

その日。栄三郎は手習いを終えるとお染を中《なか》の橋《はし》北詰に住まいを構える医師・土屋弘庵《つちやこうあん》の許へと連れていってやっていた。

店の板場でぶつけた足の小指が化膿《かのう》してきたとのことで、それならば好い医師がいるので連れていってやろうと、日頃は勇ましいことを言っている反面、医者嫌いであるお染を宥《なだ》めすかして引っ張っていったのである。

土屋弘庵は町医者として、この界隈《かいわい》では知られた男である。

ぶっきらぼうで愛敬《あいきょう》はないが、その分診立《みた》てに重みがあり、

「手遅れにならぬ前に、な」

などと言われると、土屋先生の言うことを聞かねば助かる者も助からぬ……。

そんな気分にさせられるのである。

「おお、栄三殿か……」

表長屋の一軒を覗《のぞ》くと、広い土間に無精 髭《ぶしようひげ》に白いものが混じった五十がらみの男がいて、かすかに白い歯を口から覗かせた。

それが土屋弘庵である。

筒袖《つつそで》の袷《あわせ》に裁着袴《たつつけばかま》をはいているその姿は、ちょっといかつい顔と相俟《あいま》って、医者というより武芸者を思わせる。

今は長床几《ながしようぎ》に腰かける数人の老人達の脈をとりながら、手伝いの娘にあれこれと調薬の指示をしていたところであった。

患者に泣き言を言わせぬ威徳を備えた弘庵も、秋月栄三郎には笑顔を向ける。

——おかしな男だね。

お染は改めて栄三郎という男の深みを思い知らされた気がした。

お蔭《かげ》でどことなくおっかない先生に、傷口を触れられる緊張が随分《ずいぶん》と和《やわ》らいだ。

「土屋先生、お忙しいところを申し訳ございませぬな……」

栄三郎は親しげに挨拶を返した。

「いやいや、お染殿の足の小指は相当酷《ひど》いことになっているようだ。まず見せてもらおう」

栄三郎に〝先生〟と呼ばれたのが少し面映《おもは》ゆいのか、弘庵はちょっと照れた笑いを浮かべた後、お染の足に目を遣《や》って中へ入るよう促《うなが》した。

「先生、わっちの名を……」

目を丸くするお染に、

「先ほど栄三殿のところの又さんが来て、お染というお多福《たふく》が来ると思うのでよろしくとな……」

「あの又公が……」

たちまち怒りを顕《あらわ》にするお染をじっと眺めて、

「だが、それは嘘《うそ》だったようだ。随分と好い女が栄三殿とやって来たので誰かと思った……。さあまず、これへ掛けてくれ」

そのお多福はとんでもなく気の強い女だから気をつけておくんなさい――などと又平は言い添えていたのであろう。

弘庵は、利巧そうなはっきりとした眼鼻だちを他人目《ひとめ》も気にせず歪《ゆが》めてみせるお染の気風《きっぷ》が気に入ったか、ニヤリと笑って土間の床几を勧めた。

その床几には、まだ老婆《ろうば》二人が仲よく並んで座っていて、

「何だい、先生もちょっとは気の利いたことを言えるんだねえ」

「いつも難しい顔をしているから女嫌いなのかと思ったよ。ヘッ、ヘッ、ヘッ……」

と、弘庵を囃《はや》し立てた。

「毎日毎日婆ァさんの顔を見ているんだ。気の利いた台詞《せりふ》が出るわけがなかろう。さあ、二人ともどこも悪くはない。帰った、帰った……」

弘庵はそう言うと、老婆二人を容赦《ようしゃ》なく追い立てた。

「ちょいと、つれないことを言うんじゃないよ」

「ここは居心地《いごこち》が好いんだよ。もうちっといさせておくれよ」

「馬鹿を言うではない。居心地の好い医院などあってよいものか。ここへはできるだけ来ぬ方がよいに決まっている。さあ、帰った、帰った……」

やっとのことで老婆二人を追い返すと、

「栄三殿の手習い子達と、どちらが性質《たち》が悪い……？」

弘庵はほっと一息ついて栄三郎に頬笑んだ。

「ずるさが熟《こな》れている分、こちらの方が悪そうですねえ」

老婆とのやり取りを楽しそうに眺めていた栄三郎は大笑いしながら、お染を床几に座らせた。

「では、栄三殿の大事なお人の足を拝見仕《つかまつ》ろう」

弘庵はそう言うと治療にかかった。

「大事なお人ねえ……」

お染は首を傾げて足を出した。

大事にされていると言えばその通りである。

今朝は、茶粥《ちゃがゆ》は飽《あ》きたと店に朝飯を食べにきて、自分の足の傷を見るや又平をわざわざ知り合いの医者へ遣いに出し、自身は一緒についてきてくれた。

店のツケを溜《た》める。あれこれ深川辺りの噂《うわさ》を仕入れに来る。つまらない〝取次屋〟の仕事を手伝わせる。

わっちを大事にしたって罰は当たらないさ——そう思いつつ心の底では嬉《うれ》しい。しかし、さらに心の底を探るとどこか物足りない。

栄三郎の優しさはお染だけに向いているものでないからだ。

この男は自分が大事にする者なら誰にでも、何のてらいもなくこんな風に親切にできるのであろう。

ともかく栄三郎が大事にする一人であることを喜ぶべきか、自分への対応が格別でないことにむしろ怒るべきなのか。

お染は栄三郎という男の親切に触れると、時として心の内に薄靄《うすもや》がかかるのである。

ぼんやりとそんなことを考えている間――。

弘庵はというと素早くお染の足の指の傷を消毒し、膏薬《こうやく》を貼りつつ指の骨に異常はないか確かめていたが、

「おれは患者と相対していると、いつも栄三殿のことを思い出す。あんな風に人と話すことができたら、付き合うことができれば、もっとましな医者になれるであろうとな……」

触診の間、誰に聞かせるでもなく、そんなことをぶつぶつと呟《つぶや》くように言った。

つまり医は仁術である、人との触れ合いにおいて、ただ近くにいるだけで、安心や幸せを与えられる者こそが名医の資質を持つ者である、と弘庵は思っている。

「それで、時に栄三殿の物言いなどを真似《まね》てみるのだが、これがうまくいかぬ。

こういうものは真似のできるものではないようだ……」

つくづくと弘庵が言うのを聞きながら、お染は秋月栄三郎のことをあれこれ考えるのはよそうという今日の結論に達した。

この土屋弘庵という医者はなかなか味わい深い男であるとお染は見極《みきわ》めた。

元は深川辰巳の売れっ子芸者であるお染には、それがわかる。

秋月栄三郎とは随分前からの知り合いのようであるが、互いに過去のことには一切《いっさい》触れ合わずにいる様子は、弘庵という医師が並の人生を送ってこなかったことの証《あかし》のような気がしてならない。

その弘庵が栄三郎の真似をしようとしてできないのだ。たやすく理解できる男ではないのだ。

「わたしの真似などしてはいけませんよ……」

弘庵の言葉に栄三郎は力強く応えた。

「わたしは確かに人と比べると、少しおもしろそうなことを言っているかもしれませんが、それは己《おの》が行いを見せて人を導くことのできない薄っぺらな男であるゆえの方便というものです。だが先生は違う。黙って医術を施《ほどこ》しているだけで、先生と触れ合う者は皆、幸せな心地になるのですよ……」

「う〜む……」

弘庵は唸《うな》った。

「それ、そのようにたちどころに、この弘庵の迷いを拭《ぬぐ》いさってしまう。そこが栄三殿の凄《すご》みなのだよ。なるほど、おれには真似できぬ。となれば物言わずとも患者の心を安らかにできるよう、余計なことをせずに医術を極めるしかないか……。はッ、はッ、そうだな……、おれはおれだな。すっきりした！」

弘庵は栄三郎と笑い合い、お染の足の甲を軽く叩《たた》いた。

「怪我《けが》よりも骨の方が気になったが、大事ない。そのうちに好くなろう。しばらくの間、膏薬を貼っておけばよろしい」

治療の間、あれこれ考え事をしていたからか、医者嫌いで怪我の治療などは特に、痛いだの痒《かゆ》いだのこそばゆいだの、とにかくじっとしていないお染が、何の抵抗もなく気がつけば治療が終わっていたことに驚いた。

あるいは、又平が遣いに来た時にお染の医者嫌いの様子を弘庵に伝えていて、この町医者は栄三郎と少しばかり蘊蓄《うんちく》の詰まった話をすることで気をそらしたのかもしれない。

「そりゃあどうもお世話さまにございました……」

お染はぺこりと頭を下げて代を払おうとすると、

「栄三殿にいい話を聞かせてもらったゆえに代はいらぬと言いたいが、次にまた怪我をせぬようにとの戒《いまし》めのために十六文《もん》頂こう」

「十六文……？」

そば一杯の値で剣術を教える栄三郎と同じではないか。類は友を呼ぶようだ。

「そんならせめて二十文を……」

四文は手伝いの娘の嫁入り仕度の〝足し〟にしてくれと笑って、お染は銭《ぜに》を置いて栄三郎と弘庵の医院を辞した。

「助かったよ栄三さん。医者嫌いのわっちが一言の叫び声もあげなかったってのは初めてかもしれないよ」

帰り道、お染は素直に栄三郎に礼を言った。

「おまけに行き帰りを付き合ってもらってさ」

「いや、おれの方もありがたかったよ」

名医であるゆえ、多くの人に弘庵の存在を教えたいが、近くの貧しい連中が弘庵の医療を必要としている以上、滅多やたらと人に教えることができない。行けば診療の邪魔にもなる。

それゆえに、なかなか訪ねることもできないのだが、

「おれは土屋先生が大好きでな、時折、無性《むしょう》にあの人に会いたくなるのさ。だから、ちょうどよかったんだよ……」

お染を連れていくことで久しぶりに会えたと栄三郎は無邪気に喜び、お染も滅多に人を連れていかない土屋弘庵の医院へ連れていってもらった——やはり自分は格別ではないかと、少し溜飲《りゅういん》を下げた時であった。

栄三郎とお染は、傍の居酒屋から聞こえてくる男達の怒声を耳にすることになる。

やがて居酒屋から一人の中年男が叩き出されてきた。

「野郎、ふざけやがって……」

続いて弟分を一人従えたやくざ者が出てきた。

その男の顔を見るなり、お染は太い息を吐いた。

「知り合いかい」

訊《たず》ねる栄三郎に、

「知り合いってほどのもんじゃあないんだけどね……。深川にいた頃に、ちょいとね……」

と答えたお染のやるせない目の先で、肩を怒らせる若者こそが、捨吉であった——。

二

「手前、借りた金を踏み倒そうったってそうはいかねえぞ！」

捨吉は男の横腹を蹴《け》りつけた。

「ま、待ってくれ、おれは何も逃げたわけじゃあないんだよ……」

「やかましい！」

中年男が言い訳をする間を与えずに、捨吉は男に馬乗りになって拳《こぶし》を顔面にめりこませた。

容赦のない責めに、男は口中を血で染めながら叫び声をあげた。

「逃げたわけじゃねえだと……、どの口でぬかしやがる。手前の家へ行ってみれば女房が出てきて、このところずっと亭主は帰ってこねえ、どこかへ逃げてしまったのに違《ちげ》えねえと、泣きの涙で言っていたぜ！」

そう詰《なじ》ると捨吉は再び立ち上がって、中年男を何度も踏みつけた。

「このクソ野郎！　女房子供を捨てて、借りた金を踏み倒して、よくも昼間っから酒かっくらってやがるな。飲む銭があるならこっちへ返しやがれ！」

「た、助けてくれ……。必ず返すから、今日のところは見逃してくれ……。この通りだ。お願いします……」

狂ったように男をいたぶる捨吉の姿に、通りすがりの者達は一様に嫌悪《けんお》の目を向けたが、殴《なぐ》られている中年男は身から出た錆《さび》というもので同情の余地はない。

それだけに、狂犬のような捨吉に誰も近寄ろうとはしない。

その凄《すさ》まじさに、捨吉の弟分も腰が引けてしまってただ突っ立っているだけとなった。

「忠三《ちゅうぞう》！　何してやがんだ。お前もぶん殴ってやれ！」

「へ、へい……」

その気の抜けた返事に、捨吉は平手で忠三の頬を張った。

「遊びに来てるのかこの野郎！　雪駄《せった》で頭かち割ってやれ！」

「へ、へい！」

慌《あわ》てて忠三が、雪駄を脱いで中年男に振りかざした時――。

「こ、これで勘弁してくれ……」

中年男が着物を脱いで、腹に巻いていた胴巻を外してこれを差し出した。

「ふん……。こんなことだろうと思ったぜ……」

捨吉が胴巻に入った小金を数えると、三分《ぶ》ばかりあった。

「これじゃあまだまだ足りねえが、まあ今日のところは勘弁してやろう。おう、逃げられると思うなよ。地獄の底まで追いかけてやるからよう……」

「わ、わかりました……。必ず返します……」

中年男は手をついて謝ったが、捨吉はそれを残忍な表情で見下ろして、

「だが信用ならねえな……。手前はこんな風に隠しやがるからよう……」

「ゆ、許して下せえ……」

「いや、許せねえ、忘れねえようにお前の体に教えといてやらあ」

「た、助けてくれ……」

捨吉は己《おの》が雪駄を脱ぐと、これを手にして中年男ににじり寄った。

「忠三、ようく見とけ、雪駄ってのはこんな風に使うんだよ！」

両手をかざして許しを請《こ》う中年男の頭上に叩きつけんと、捨吉は迷うことなく雪駄を振り上げた。

しかし、その雪駄は振り下ろされる手前で宙に止まった。

秋月栄三郎が見かねてつッと歩み寄り、捨吉の手を押さえたのである。

「少しは金も戻ったんだろう。勘弁してやれ」

栄三郎は諭《さと》すように言った。

「ちぇッ……。何でえお前は……」

しかし、捨吉は栄三郎の手を振りほどき凄んでみせた。

相手が侍風体《ふうてい》であろうが平気である。

同じ荒くれるならこれくらい向こう見ずが好いというものだ。

栄三郎は妙な親しみを覚えて、

「お前の仕事を邪魔しちゃあいけねえと今までは黙って見ていたが、足りねえにしろこいつは金をそっくり渡したんだ。これより先、痛めつけるのは無法じゃねえか」

「何だと……」

「生憎《あいにく》今は女連れでな。その手前、無法を黙って見過ごしじゃあおれも男の面目《めんぼく》が立たねえんだよ」

「お前の面目なんぞ知るかい！」

捨吉はどこまでも威勢がいい。弟分の忠三も黙っていては後でまた捨吉に殴られると思ったのであろう、腕まくりをして栄三郎を睨《にら》みつけた。

「捨吉……、いい加減におしよ……」

そこへお染がやって来て、留女《とめおんな》よろしく間に割って入った。

「姐《ねえ》さん……」

お染の顔を見るや、なめられまいと身構える捨吉の表情が一瞬和らいだ。

そこにまだあどけない少年の面影《おもかげ》が浮かんだのを栄三郎は見逃さなかった。

捨吉はお染を慕っている――それがわかれば充分である。

「女連れと言ったのはこの姐さんのことなんだが……。何でえ、知り合いかい……」

ここぞと栄三郎は親しみをこめる。

「この姐さんを知っていりゃあわかるだろう。ここで出張《でば》らねえと後で何を言われるか知れねえのさ」

栄三郎に頬笑まれて、捨吉の戦意はたちどころに消失した。

「姐さん……」

捨吉はせめてもの抵抗と、栄三郎を無視してお染に極《きま》り悪そうな目を向けた。

「説教ならごめんだぜ……。おれもこれで飯を食っていかねえといけねえんだ

「とどのつまりは落ち着くところに落ち着いたってことかい……」

「……」

「そういうことだろうよ……」

捨吉はひねくれた目をそらすと、忠三を顎《あご》でしゃくってその場から立ち去った。

この間に中年男はどこかへ逃げ去り、野次馬達も関わりを恐れて四散していた。

「まったく山犬みてえな野郎だな」

やりきれぬ様子で捨吉の後ろ姿を見送るお染に、栄三郎は小さく笑った。

「根っからの悪党でもないと思うんだよ……」

お染は諦《あきら》め顔で、京橋へ向かって右足を引きずりながら歩きだした。

栄三郎は労《いたわ》るようにしてお染と肩を並べながら、

「おれもそう思うぜ。奴は根っからの悪党じゃあねえ。お染を見た時の顔は、まるで無垢《むく》な赤ん坊のようだったぜ」

「栄三さんにはそう見えたかい」

「ああ、見えたよ……」

「そんなら少しは報われたよ」

「あの山犬を手懐《てなず》けたことでもあったのかい……」

「少しの間、飼っていたことがあるんだよ」

「ほう、そいつは妬《や》けるじゃねえか」

「馬鹿だねえ、だから飼っていたと言っているじゃないか。十年前、まだ小犬だった頃さ」

「十年前か……」

「ああ、わっちはもう大人だったけどねえ……」

その頃のお染は、もう辰巳の〝染次〟として自前の芸者で売り出していた。駕籠《かご》屋の離れに一間を借りて、雲助《くもすけ》達からは女神のように慕われて、気風の好さは半端でなかった。

染次として売り出した背景には、当然色んなしがらみも駆け引きもあったことであろう。

だが、そんな話はおくびにも出さず、

「そんな昔があったっけねえ」

などと煙《けむ》に巻くお染であるが、芸者であった昔はそれはもう華々しい姿であったそうな――。

それがある夜、御座敷の帰りのこと。

柳の木の下に着物はズタズタ、体中怪我だらけでぼろ雑巾《ぞうきん》のようになって唸り声をあげながら踞《うずくま》っている若い男を見かけた。

盛り場のことである。さのみ珍しいことではない。

どうせ下らぬ破落戸《ならずもの》共の揉《も》め事に決まっていると、駕籠に乗る染次はこれをやり過ごそうとしたが、

「畜生《ちくしょう》……、覚えてやがれ……、奴ら必ずいつかこの手で殺してやる……」

唸る男の声はまだ子供であった。

それが心地好い春風に乗って染次の耳に届いた。

「ちょいと止めておくれな……」

染次は駕籠を降りるや、

「いけないよ。子供が殺してやるなんて物騒なことを言っちゃあ……」

と、声をかけてやった。

「説教なら御免だぜ……」

駕籠屋の提灯《ちようちん》に浮かんだ若い男は、背丈は大人くらいあるが、まだ体が出来上がっておらず子供のように華奢《きやしや》で、生意気な口を利いてはいるが、まるで声に凄みもない。

「おれは、誰の世話にもなっちゃあいねえや……」

それでもこの子供は、目だけはギラギラさせて泣き言は口に出さなかった。

歳《とし》は十二、三歳というところか、誰の世話にもなっていないと強がる様子に、駕籠屋の二人は吹き出した。

「何を笑いやがる。お前らにあっておれに足りねえのは、年かさだけだ。後二年もすりゃあ、こんな無様《ぶざま》なことにはならねえやい……」

子供は振り絞《しぼ》るように言った。

「お前の言う通りだね。からかってすまなかったよ」

染次はその男伊達《だて》を立ててやりつつ、

「そんなら、そのうちに滅法腕っ節が強くなりそうな兄さんに恩を売っておこうじゃないか」

そう言ってからからと笑うと、駕籠屋二人に頼んで染次は自分の駕籠に子供を乗せてやった。

「まさか姐さん、こいつを連れて帰ろうなんて思っちゃあいねえでしょうねえ……」

駕籠屋が宥めたが、その頃は今よりもさらに無鉄砲であったお染である。殴られて捨て置かれている若いのを放って帰っては、辰巳芸者・染次の名折れだとばかりに、

「そのまさかさ。わっちはこの子を拾って帰るよ」

この子供をそのまま連れて帰った。

「お前の名は何というのだい」

「捨吉だよ……。親からも世間からも捨てられた、捨吉だ……」

少年が十年前の捨吉であることは言うまでもない。

家へ連れ帰り傷の手当をしてやり、飯を食わせてやるとそこは子供である。ふてくされた物言いをしながらも、今日の悔しさを思い、べそをかいた。

博奕場《ばくちば》の見張りを五十文で引き受けたが、終わってみれば二十文握らされただけで、文句を言ったら若い衆に殴られ蹴られ、散々な目に遭《あ》ったという。

「子供のくせに博奕場に出入りするんじゃあないよ。今日の痛みは二度と来るなっていうことさ。罰《ばち》が当たったとお思い……」

染次は傷が癒《い》えるまで、とにかくここにいるようにと、駕籠屋の主人に頼んで納戸《なんど》の一間を借りて、あれこれ面倒を見てやった。

染次に心を開き始めた捨吉が、ポツリポツリと話す身の上話を聞くに――。

捨吉は本所入江《いりえ》町の裏長屋に、版木職人の息子として生まれた。

だが、この父親は、捨吉がまだ幼い頃に女房子供を捨てて逐電《ちくでん》してしまった。

おまけに女房――つまり捨吉の母親は、それからしばらくして捨吉を捨てて、男とどこかへ行ったまま帰ってくることはなかった。

付けられた名の通り、二親から捨てられた捨吉は頼るべき親類縁者もなく、人の中傷にさらされながら生きていくしかなかったのである。

早く年月が経《た》ってほしい。

そうすればそれだけ自分は大きくなって、誰を頼らずとも生きていける――。

捨吉は子供心にそればかりを思い続けた。親からも、世間からも、神仏にも捨てられた身を嘆きつつ、捨吉は盛り場をねずみのように這《は》い回り、今日まで命長らえてきたのである。

「おれは、誰の世話にもなっちゃあいねえや……」

そう叫びたくなるのも仕方なかろう。

「そんならわっちがお天道《てんと》さまに代わって、お前を拾ってやろうじゃないか」

そんなにたやすく人が捨てられてしまって好いはずはない。

お前が世の中はどうしようもなく汚いところだと思うなら、いや世の中は捨てたもんじゃないということを思い知らせてやる。

染次はそう叫びながら、捨吉と相対したのである。

時に人に対してお節介を焼くことが、自分を玉にする大事な磨《みが》き砂になることに、十八の染次は気づき始めていた。

しかし、色々な男と女の駆け引きの修羅場《しゅらば》を潜《くぐ》り抜ける日々とはいえ、染次は一廉《ひとかど》の売れっ子芸者——意にそまぬ客を袖にできる身となった今、踏みつけられて、嘲笑《あざわら》われて生きている少年が、胸の内に込めた熱情の強さは推《お》し量れなかった。

飯を与え、傷養生をさせ、落ち着いたところで優しい言葉のひとつもかければ真っ当な道を歩むことを誓ってくれるであろう。何かの職に就《つ》かせることくらいなら、この時の染次にはできたのである。

そんなつもりでいたのだが、ある日捨吉の姿は忽然《こつぜん》と消えた。

傷が癒え、体に精がつけば少しは心も落ち着くと思ったが、かえって己《おのれ》を痛めつけた奴らへの復讐《ふくしゅう》の念が頭をもたげたのであろう。

「それで……。それから先、捨吉とは……」

ありそうな話だと、お染が語る思い出にいちいち相槌《あいづち》を打ちながら栄三郎は問うた。

「何度か深川辺りで見かけたよ。その時はもう一端《いっぱし》の渡世人《とせいにん》気取りで、肩で風を切って歩いていたよ」

後で聞けば、染次の許からいなくなった後、あの日五十文の手間を値切った上に痛めつけたという若い衆に、捨吉は見事復讐を果たした。不意をついて棍棒《こんぼう》で足腰が立たなくなるまで殴りつけたのだという。

それを見た兄貴格の男に〝見込みがある〟と引き回してもらったようだ。

「捨吉はお染に会った時、どんな面《つら》をしていやがった」

「そりゃあ、極り悪そうにしていたさ……」

そんな時、決まって捨吉はお染の顔から目をそらし、ふっと息を吐き、前方の空を見上げて通り過ぎた。

「そんなら好かったじゃあねえか。捨吉も三下《さんした》の手前、親分衆が贔屓《ひいき》にするほどの染次姐《ねえ》さんに知った顔などできねえ。せめて目をそらすことで、お染に礼を告げていたんだろうよ」

「まあ、そんなことだろうと思ったから、こっちも声をかけるでなし……。そのうちに深川界隈で見かけないと思ったら、この辺に流れてきていたようだねえ……」

「奴にはまだ見込みがあるぜ。これからは仲よくしてやりな」

「馬鹿をお言いでないよ。わっちは今じゃ居酒屋の婆《ばば》ァだよ。あんな奴に関わっちゃあいられないよ。ああ、あんなところで出しゃばらずに放っときゃよかったよ。だいたい栄三さんがお節介焼くからいけないのさ……」

お染はすたすたと歩きだした。

何かに対して強がっていることは、さっきまで引きずっていた足が元に戻っているのを見ればわかる。

若さゆえに、今ならできた親切をしきれなかった——そんな思い出は時に人の胸を切なく締《し》めつける。

やはりこいつは好い女だと、栄三郎は歩くたびにふわりと揺れる、お染の襟足《えりあし》の後れ髪を見ながら胸の内で呟いた。

三

それから二月《ふたつき》ほど経った、世間が紅葉狩《もみじがり》に浮かれている頃。

秋月栄三郎は再び捨吉を町で見かけることになる。

その日又平は、渡り中間《ちゆうげん》をしていた時世話になった御家人が病に倒れたと聞き、見舞に出かけていた。

夕方になって、〝そめじ〟で飯を食おうと出かけた栄三郎は、京橋の袂《たもと》まで来て、ぶらりと一人、こっちへさして歩いてくる捨吉の姿を見かけた。

今日はもう取立ての仕事は終わったようだ。相変わらず肩で風を切って歩いているが、その体からは何とも言えぬ疲れた厭世《えんせい》の気が漂《ただよ》っているように見えた。

「ふん、少しは銭も出来ただろうに、渡世人から足も洗わずに空《むな》しい暮らしを送りやがって……」

二十歳を過ぎた頃の栄三郎には、日々打ち込める剣の修行と、それを分かち合える友がいた。

日々の大半を占める剣術道場での暮らしがあったゆえに、遊びに憧《あこが》れたし、少し遊んだだけで満足を得られた。

だが捨吉は、大人の体になりさえすれば人並みに喧嘩ができる、それさえできれば腕っ節で生きていくことができるのだと思ってきたが、〝山犬の捨吉〟と一《いち》目《もく》置かれるようになった今、子供の頃の望みがいかに空しいものであったかを思い知ることになった――捨吉に漂うやるせなさの正体は大方そんなところであろうと栄三郎は見た。

「おっと……、こいつはいけねえ……、いや、奴には待ってましたというところか……」

立ち止まって捨吉の姿を眺めていた栄三郎の視線の先に、棒きれを手にした若い男が三人認められた。

捨吉に恨《うら》みを抱く奴らが仕返しにつけ狙っていたようだ。

しかし、三人は喧嘩慣れしていないようだ。数と棒きれを頼みに正面から向かい合ったところを、

「何だ手前ら……」

鉄火場《てつかば》を潜り抜けてきた捨吉に凄まれて、一瞬怯《ひる》んでしまった。

喧嘩の呼吸を捨吉は心得ている。

「野郎！」

まず先頭の兄貴格に手練《しゅれん》の蹴りを入れた。

そこからは他の二人には目もくれず、その相手をもの凄い勢いで殴りつけて地に這わせた。

――ほう、兵法だな。

大将を討ち取れば勝ちである。捨吉が身につけた戦法であるようだ。

それは図に当たり、後の二人は勢いに呑《の》まれて為《な》す術《すべ》もなく突っ立っていたが、さすがにそれも恥と、

「この野郎！」

と、棒きれを捨吉に振り下ろした。しかし、少しくらい肩や背中を打たれても、興奮状態にある捨吉にはなかなか堪《こた》えない。

痛めつけた一人の棒きれを奪い取り、振り回さずに二人に対して突進して突き入れた。

「うわッ……」

二人は胸と腹を突かれ最早《もはや》これまでと、兄貴格を抱き起こして慌てて逃げ去った。

「馬鹿野郎め……」

捨吉は舌打ちして周りを見廻《みまわ》した。

足を止めてこの喧嘩を見ていた者達、何事かと駆けてきた木戸番の番太《ばんた》がそそくさとその場を立ち去った。

夢中で闘ううちに棒きれで頭を殴られ、血が顔に流れて幽鬼のごとき形相《ぎようそう》となっていたのだ。

襲われたのは捨吉の方である。それゆえに誰かが助けに入ってもよさそうなものであるが、捨吉が痛めつけられることを期待する町の者達は手を貸さない。

暴れ者の宿命である。自分にとって世の中の奴らは皆敵であると捨吉は思っている。

それでいいのだ。だからこそ、借金の取立てに情が入らない。

取立て屋はけっして弱みを見せてはいけないのだ。

捨吉は通行人達を目で追い払うと、川端の柳の木の下に踞った。喧嘩に勝利したものの、気がつけば自分も相当の痛手を受けていたのだ。

「お前の渡世も大変なものだな……」

栄三郎は声をかけてやった。

「何だお前は……」

と言いかけて、相手が先日〝染次〟と一緒にいた浪人であることを思い出し、

「見世物じゃあねえや。あっちへ行きやがれ……」

捨吉は精一杯強がったが、顔は痛みに歪《ゆが》んでいる。

「口はばったいことを言うんじゃねえや。今のお前はその辺りの小便たれにでも負けちまうぜ」

「だからどうだってんだ……」

「お前のことはお染から聞いたぜ」

「お染……」

「染次姐さんのことだよ」

「ふん、おれはあの姐さんに助けてくれと頼んだ覚えはねえや」

「お染の方でも恩に着せるつもりはねえや。あいつはそういう女だ」

「へッ、それでお前は姐さんの間夫《まぶ》ってわけかい」

「それほどのもんじゃねえや。だが、あの姐さんには日頃の義理があってな」

「それで姐さんに代わってお節介かよ」

「そういうことだ……。立て、医者に連れていく。まずは体を元に戻さねえと、

今度誰かに狙われたら勝ち目はねえぜ」

この言葉が堪えたか、捨吉はよろよろと立ち上がり、栄三郎はこれを支えてやった。

行き先は土屋弘庵の家である。

彼の医院はここから近い。

捨吉を連れていくことは弘庵の患者達にとって迷惑かもしれない。だが、この山犬を診てもらえる医者は弘庵しか思い浮かばなかった。

さらに栄三郎には、捨吉と弘庵をぶつけてみればどうなるか――そんな彼独特の好奇心があったのも事実であった。

日が暮れるのが早くなってきた頃のこと。中の橋北詰の弘庵の家に着いたのは、まだ六ツ（午後六時頃）前というのに辺りはすっかりと暗くなっていた。

弘庵の家の障子戸《しょうじど》は温かな光に輝いて見えた。

「御免下さりませ……」

戸を開けると、ちょうど一息ついたようで、患者は誰もいなかった。

「おお、栄三殿か……」

弘庵はいつもの通り白い歯を口から覗かせると傷だらけの捨吉を見て、

「これは酷い……」

と一声発するや、栄三郎の介添えを手伝い、捨吉を土間の床几に座らせた。

弘庵が何を言わずとも、手伝いの娘は黙って傷口の消毒を始めた。

「栄三殿のお知り合いかな」

「いや、こいつには恩も義理もないのですが、面倒なことにお染の昔馴染《なじ》みでしてね」

「なるほど。知り人の知り人は放っておけぬ……。栄三殿らしい」

弘庵は、あれからお染が療治の礼にと、重箱に煮染《にしめ》を詰めて持ってきてくれたことを捨吉の治療をしながら語ると頰笑んで、

「ならばこの弘庵も、煮染の義理を果たさずばなるまい……」

「銭は払うぜ……。煮染がどうとかけちなことを言ってねえで、さっさとすましてくれねえかい」

捨吉は痛みを堪えながら、やはり弱みを見せまいと嚙《か》みついた。

弘庵はジロリと捨吉を見据《みす》えた。

山犬の捨吉の意地がなければ、すぐに目をそらしてしまいたいほどの凄みに溢《あふ》れた一睨みである。

土屋弘庵が学問一筋で生きてきた医師でないことは、この眼光の鋭さで窺《うかが》い知れる。

栄三郎は弘庵の何を知るのか、捨吉とのやり取りをニヤリとして見ている。

「その威勢があれば怪我はすぐに癒えよう……」

意外や弘庵は実に穏《おだ》やかな口調でこれに応えた。

「だがな、医者には喧嘩を売らぬことだ。お前の弱みを知っているゆえにな」

そして、ひょいと捨吉の脇腹辺りを押さえた。

「うッ……、な、何をしやがる……！」

途端、捨吉は絶叫した。

「情けない声を出すな」

弘庵は囁《ささや》くように言った。

「怒鳴りつけてやりたいところだが、おれがどうして小声で大人しくものを言っているかわかるか」

「そんなこと……、知るか……」

「お前の肋《あばら》に響かぬようにしてやっているのだ。どうやらお前の肋骨にはひびが入っておるようだ」

「肋にひび……、どうしたら治る……」

「日《ひ》にち薬《ぐすり》じゃ。しっかりと晒《さらし》を巻いて安静にしておれば、一ト月もすれば治る」

「けッ、安静にしてられるかよ……」

「だが、触られただけでこれだぞ……」

「うッ！　クソ医者……、ぶっ殺してやる……」

捨吉は弘庵に肋を再び触られて苦痛に呻《うめ》いた。

栄三郎と手伝いの娘はふっと笑った。

弘庵と捨吉の触れ合いはなかなかにほのぼのとしている。

「どうしたもんですかねえ、土屋先生……」

栄三郎はこの先どうすればよいか、捨吉に代わって聞いてやった。

「そうじゃのう……。これは喧嘩でやられたのか」

弘庵はまたジロリと捨吉を見据えた。

「言っておくが、おれは喧嘩に負けたんじゃねえからな。棒きれ片手の三人相手にすりゃあ、ちっとは殴られたとて仕方あるめえ」

捨吉も負けじと嚙みつく。

「お前の腕っ節は大したもののようだが、喧嘩に勝てば仕返しに気をつけねばならぬ」

「誰が来たって返り討ちにしてやる」

「馬鹿を言うな、今日はもう遅い。……ここに泊まっていけ」

「けッ、こんな薬臭《くせ》えところにいられるかよ」

「その体では喧嘩に勝てぬぞ。とにかく朝までここにいろ」

「捨吉、そうさせてもらえ」

弘庵、さらに栄三郎に言われ、捨吉は、

「栄三先生とやらに、ついて来るんじゃなかったぜ……」

相変わらず生意気な口を利きながらも、捨吉は渋々《しぶしぶ》承知した。

栄三郎は申し訳ないことをしたと弘庵に頭を下げたが、弘庵はここに患者が泊まるのはよくあることだと一笑に付した。

――やはり捨吉を連れてきてよかった。

栄三郎は心の内で快哉《かいさい》を叫びながら、その日は捨吉を残して家へ帰った。

「奴にはまだ見込みがあるぜ……」

お染が気がかりに思う捨吉のことを、栄三郎はそう言ってやった。

ただ、人との巡り合わせがよくなかったのだ。

といって、捨吉のような若者を、言葉で諭すことは難しい。同じ男として、生きる姿の恰好《かっこう》よさを間近に見ることによって体中で何かを感じさせないと、捨吉の〝見込み〟の芽は出ないであろう。

土屋弘庵は素町人の出であった。市井《しせい》に生まれた和太郎《かずたろう》という男が、立派に人の尊敬を受けるようになるまでには数々の苦難があった。素町人でも一所懸命精進《しょうじん》すれば、医者にだって侍にだってなれるということを、栄三郎は捨吉に知らせてやりたかったのである。

四

「お前がおれんところに来てから、うちの稼業も随分と楽になったぜ……」

喉仏の誠二はその異名通りの大きな喉仏をひくひくとさせながら馬面《うまづら》の顔を綻《ほころ》ばせると、捨吉の前に小粒を並べた。

湊稲荷社を南へ、海沿いに少しばかり行ったところに、金貸しを生業《なりわい》とする誠二の家はある。

誰彼なしに金を貸してやる仏の誠二だと言う口癖が、どこの破落戸あがりか知れぬこの男への揶揄《やゆ》を込めて、人は喉仏の誠二と呼ぶようになった。

しっかりと働けばそれなりに手間賃もはずんでくれるゆえに、町でくすぶっている若い連中がこの家にはごろごろとするようになった。

だが、誠二自らが引っ張ってきた捨吉はその連中とは一線を画している。

誠二が捨吉の前に並べた小粒は、合わせると三両ばかりある。

これを無造作《むぞうさ》に摑《つか》み取り、ちょっと誠二に頭を下げると懐《ふところ》に放り込む――。

その姿に若い者達は憧れる。

「捨吉、聞くところによると、お前四日ほど前、三人相手にやり合ったそうだな」

「へい……」

「誰かの恨みを買ったのかい」

「恐らくは……、でも、大したことじゃあござんせんよ。ちょっと暴れてやったら、尻尾《しっぽ》を巻いて逃げていきやしたから」

「さすがは捨吉だ。忠三、お前もしっかりしろ。捨吉に付けていたらちっとはお前も男をあげると思ったが、まだまだってところだな」

「へい……」

　忠三は極り悪そうに頭を下げた。

　捨吉を〝兄ィ〟と呼んで立てているが、歳は同じで、捨吉が誠二の許に来るまでは、忠三とて取立て屋の中でも一目置かれていた存在であったのだ。

「少しばかり怪我をしたようじゃねえか。こいつは薬代だ。取っておきな……」

　誠二は最後に指で弾《はじ》いた一両小判を捨吉の膝《ひざ》の上に飛ばした。

　心地の好い金属音を幽《かす》かに鳴らして、小判は捨吉の手の平の上に収められ、若い衆は羨望《せんぼう》の眼差《まなざ》しでそれを見ていた。

「いいかお前ら、一旦世の中からはみ出しちまった者に、世間の奴らはどこまでも冷てえ目を向けてくる。だがな、銭だけは手前を裏切らねえ。つまり、銭だけがおれ達を助けてくれる神仏だ。そいつを借りたまま返さねえ奴はおれ達の敵だ。思い知らせてやれ、捨吉みてえにな……」

　誠二の長台詞は捨吉がこのところ思ってきたことに当てはまる。

　――おれは二親からも、世間からも捨てられた捨吉だ。何も怖いものはねえし、世間に唾《つば》を吐きかけて生きてやるんだ。

　ここへ来て誠二におだてられると、そういう荒くれた心が湧《わ》き上がってくる。

「それじゃあ親分、もう一軒回ってくると致しやしょう」

「頼んだぞ……」

捨吉は忠三を顎でしゃくって立ち上がると、誠二の家を出た。若い衆がちょっと引きつったような表情で見送る。

捨吉の機嫌が悪いといきなり殴られるからである。

しかし今日の捨吉は妙に優しかった。

「皆で飲め……」

今もらった小粒を二分ばかり一人に摑ますと歩きだした。

誠二におだてられた昂揚《こうよう》はすぐに萎《な》えてしまった。

何かが空しい。胸の中に穴が開いてしまったような、こんな想いは初めてであった――。

湊稲荷の前まで来た時、

「よう、兄ィ、達者そうで何よりだな」

捨吉に声をかけてきた浪人風の男が一人――秋月栄三郎であった。

忠三が勇んで、何だこの野郎と前へ出るのを、

「手前は引っ込んでろい！」

捨吉は一喝すると、

「藪《やぶ》医者の遣いで来たのかい」

と顔をしかめた。

このお節介な男が自分を捜《さが》して喉仏の誠二の家へ来ようとしていたことはすぐにわかった。昨日、土屋弘庵の許へ怪我の具合を見せに行くことになっていたのをすっぽかしていたからである。

「おれも忙しい医者に、迷惑をかけるわけにもいかねえ。お前も男なら顔を立てろ」

「わかった……。一仕事すませて行くとしよう」

「夕方なら手が空《あ》くそうだ。お前の肋が折れようが引っつこうがどうだっていいが、おれも人と人との約束を取り付けるのが稼業でな。頼んだぜ」

「ふん、癪《しゃく》にさわる浪人だ……」

捨吉は毒づいてすたすたと栄三郎の前を通り過ぎていった。

――奴だ。奴に出会ってからどうも調子が出ねえ。

金を返さない中年男を痛めつけていたら奴が現れ、お染に会ってしまった。捨吉の短い人生にあって唯一恩を受けたと言える姐さんに――。

そうしてまた奴に出会って、医者に連れていかれて、一晩そこで泊まることになった。

どんな奴にでも恐れを抱いたことがない捨吉であるが、どうも土屋弘庵という医者には逆らえなかった。

真裏の長屋に住むというまったくもの言わぬ無愛想な娘と二人で、黙々とやって来る患者に治療を施し、ほとんど金は受け取らずに、弱音《よわね》を吐く患者を時に怒鳴りちらし叱りつけ、それでいて誰からも好かれている不思議な男であった。

朝になり少しは傷の痛みも和らぎ、弘庵の医院を出るまでの間、捨吉は患者の病や怪我と〝けんか〟する弘庵の姿を見た。

その間、言葉を交わすことなどほとんどなかったが、この土屋弘庵が医者の子でなく、侍や学者でもない町の出であることはわかった。無論、世の中から捨てられた身の自分とは、町の出と言っても同列に語れないが、腕っ節だけで暮らす身が何やら空しく思えてきた。

「二日の後に来るがよい。怪我の様子を見るとしよう」

別れ際にそう言われたものの、ここへ来ると、確かに傷は癒えそうだがどうも魂《たましい》を吸い取られるような気がして、行くことに二の足を踏んだのである。

だが、行かなかったことの後ろめたさが自分の胸の内にぽっかりと穴を開けていたことに、あの秋月栄三郎という得体の知れない浪人者に行けと言われて、捨吉ははっきりと気づいた。

それは何故《なぜ》か――二十歳を少し過ぎたくらいの若者が、いかにも世俗にまみれた喉仏の誠二のような男とは違う強烈な個性を発散する、土屋弘庵のような男を初めて間近に見た衝撃に他ならない。

泥水ばかりを飲んできた人間が、濁《にご》りなき清流の水を一口飲んだ時の驚きである。

ただ、それが美味なるものかどうかまでは、今の捨吉にはわからない。飲み慣れぬ水を飲み、腹を壊すのではないかとさえ思っているのである。

――しゃらくせえや。

捨吉は頭の中を駆け巡る想いを打ち消した。

目指す家は南八丁堀《みなみはっちょうぼり》三丁目の小ざっぱりとした仕舞屋《しもたや》――その前に着いたのである。

家の中からは酒に酔った三十がらみの男と女の詰り合う声が聞こえてきた。

「ふん、何が大繁盛間違いなしだよ。そもそもあんな水茶屋が流行《はや》るわけはないんだよ」

「うるせえ！　お前が茶出し女に悋気《りんき》して、器量のいいのを皆追い出すからこんなことになるんだろうが……」

「ふん、何でもあたしのせいにするんだよあんたは」

「ああそうだ。お前と出会ったのがけちのつき始めよ」

「何だって……」

「子供を捨てて、男と逃げるような女にろくなのはいねえってえのに、おれもどうかしてたぜ！」

男女の会話を聞いていた捨吉の表情がたちまち険《けわ》しくなった。

「御免よ……」

戸を開けてずかずかと上がり込んだ。

「何だお前は！　人様のうちに……」

言いかけた男の顔色が変わった。

「お、お前さんは……」

「誠二親分の遣いの者《もん》だ……」

捨吉は中腰になって男を睨んだ。

女は年増《としま》の色気を嫌らしいほどに体から散らして座敷の真ん中で酒を飲んでいたが、借金取りが来たのを悟り、ふてくされてなおも、部屋の端に酒徳利《さかどつくり》と茶《ちゃ》碗《わん》を移してがぶがぶと飲み始めた。

「すまないが、もう少しだけ待ってくれるように頼んでみちゃあくれませんかねえ」

男は両手を合わせた。

「待てねえから出向いたんだよう。こんな時分に家にいて、女と二人酒飲んでくだまきやがって。おう、手前、金返す気はあるのかい！」

捨吉は男の茶碗を思いきり蹴とばして凄んだ。

「ゆ、許してくれ……。怠《なま》けていたわけではないんだ。女房と先のことを色々相談していたんだ……」

「女房とねえ……」

「あたしはそんな奴の女房じゃありませんよ。ふん、一緒にされたら迷惑ってもんだ」

部屋の隅で女が酒臭い息を吐いた。

「そんな奴の女房じゃねえ……」

捨吉のこめかみがピクリと動いた。そこには自分を捨て、見知らぬ男に走った母親がいた。

「お前、つれねえことを言うんじゃねえよ。子供を捨ててまで一緒になった男じゃねえのかい……」

捨吉はジリジリと女に迫った。

「騙《だま》されたんだよ。この男にすっかりと騙されたんだよ……。あたしは何にも悪くはないんだよ」

「何にも悪くねえだと。親分から借りた金でしゃあしゃあと小ぎれえな家を借りて、日中《ひなか》から酒喰らって、亭主に毒づきやがって。この女《あま》、手前を裸にひんむいて、野良犬に食わせて見世物にでもしてやろうか！」

叫ぶや捨吉は女の髪をぐっと摑み、凄まじい勢いで部屋中引きずり回した。

「た、助けておくれ……」

これほどまで男に折檻《せっかん》を受けたことなどないのであろう。女は情け容赦ない捨吉の仕打ちに、ただただ恐怖に顔を引きつらせた。

「ち、ちょっと待ってくれ……」

喧嘩をしていても男にはまだ女への愛情が残っているのか止めに入ったが、

「忠《ちゅう》！　この野郎に雪駄を喰らわしてやれ！」

　捨吉に言われて忠三は止める男の眉間《みけん》を雪駄で打ち据えた。

「こんなクソ女の何を庇《かば》うんだ、この野郎！」

　捨吉は女を引きずりながら男を蹴りつけた。

「こ、これで勘弁してくれ……。お願いだ、勘弁して下さい……」

　男は泣き叫びつつ、家中の金目の物をそっくり集めて捨吉の前へ置いた。

　捨吉は女の櫛《くし》、笄《こうがい》を抜き取りそこへ添えると、女を蹴り倒した。

　そこへ浪人者が飛び込んできて捨吉を押さえた。

「そこまでにしておけ、今日の分は取り立てたんだろ。さあ、行くぞ……」

　浪人者は秋月栄三郎である。

「な、何でえ、ついてきてたのかよ」

　これには捨吉も呆《あき》れた。

「待ち呆《ぼう》けってこともあるからな。おう、後《あた》ァ頼んだ。ちょいと兄ィを借りていくぜ！」

　栄三郎は忠三に一声かけると捨吉を引っ張っていった。

「行くから放せよ。栄三先生よう……」

捨吉は怒ってみせたが満更《まんざら》でもない。土屋弘庵の許へ行く好いきっかけが出来たというものだ。

「おれの名を覚えていてくれたとは嬉しいねえ」

「お侍にお前呼ばわりはできねえだろう」

「侍と言われるとこそばゆいぜ。おれは野鍛冶《のかじ》の倅《せがれ》でな」

「野鍛冶？　それがどうしてそんな恰好しているんだよ」

「侍になりたくて剣術を学んで免許を取った。だから大目に見てもらっているのさ」

「侍になりたくてやっとうを学んだ……」

「世の中には色んな奴がいるってことだ。おれみてえなお節介やきもいるし、土屋先生みてえな立派な人もいる。だが、どっちもお前と同じ町の出だ」

「ふん、御立派なことだ」

「お前は何になるつもりだ」

「何になる？　からかっているのかよ」

「お前をからかっても得にならねえよ。お前はまだ若いから骨にひびが入ってもあんなに暴れていられるが、おれくれえになるとそんなわけにもいかなくなるだろ。だから何になるつもりだと聞いたまでだよ。まあいいや、ほら、着いたぞ……」

あれこれ話すうちに土屋弘庵の家に着いた。

不思議である――この栄三郎という男とはつい話してしまう。考えてみれば喉仏の誠二の他に、歳上の男と日頃話すことなどなかった捨吉であった。手習い師匠と剣術指南をこなす秋月栄三郎の話に引き込まれるのは当たり前のことなのであるが、人に物言わさぬことを身上に暮らしてきた捨吉には、そんなこともわからない。

だが、今は本当にありがたかった。

取立ての仕事はしてきたが、女に手をかけたことはなかった。それを止めて無理矢理引っ張ってきてくれた栄三郎は、女を引きずり回した後ろめたささえ忘れさせてくれた。

この浪人は、自分が女房子供を捨てた男、子供を捨てた女を特に恨む理由を知っているのであろう。知りながらおくびにも出さない……。真《まこと》にありがたい男である。

何故か知らねど、薬臭い、間口二間《けん》半（約四・五メートル）の小さな医院に踏み入れる足が躍った。

その照れくささを払拭《ふっしょく》するように、開け放たれた戸の向こう、表に背を向けて人足風の患者の背中に膏薬を貼っている手伝いの娘に、

「おう、来たぜ！　捨吉だ……。おい、聞こえてるのかよ。まったく愛想《あいそ》のねえ女だぜ……」

と怒ったように言った。

医院にはいつもの年寄りが二人に、人足の他にも怪我を癒す職人風の男が二人いたが、いずれも詰るような目を捨吉に向けた。

「何だお前ら……」

気色《けしき》ばむ捨吉の袖を栄三郎が引いて、

「いちいち怒るな。あの娘はおりんと言ってな、耳が聞こえねえんだよ」

「耳が聞こえねえ……」

「だから、背中越しに声をかけても返事はできねえんだよ」

「それで口を利かねえのか……」

「お前を嫌っているわけではねえさ」

「いや、担《かつ》ぐんじゃねえや。おりんはおれの言葉にいちいち頷《うなず》いていたぜ」

「お前の口の動きを読んでいたんだよ」

「口の動きで何を言っているかわかる……。そんなことができるのか……」

　患者の視線に反応して振り向いたおりんが、栄三郎と捨吉の口の動きを読んでにこりと頷いた。

「お前がまだ子供の頃に大人の破落戸を棒で叩き伏せたみてえに、その気になりゃあ若《わけ》えうちは何だってできるんだよ」

「染次姐さんから聞いたのかよ……」

　極り悪そうにおりんを見た捨吉の背後から、子供を抱えた土屋弘庵が駆け戻ってきた。
　五、六歳の子供が右膝《ひざ》を血に染めて泣いている。
「おう、来たか！　栄三殿もすまなかったな……」

　弘庵は栄三郎と捨吉に一声かけると、この子は裏の長屋の子供で、薬種屋へ行った帰りに道端で泣いているのを拾ってきたのだと言って手早く子供の傷を診た。

「大したことはない。ほんのかすり傷だ」

　そして傷口に薬を塗ってやると、

「捨吉、お前、この子の傷口を縛ってやってくれぬか」

「おれが？　おれは患者だぞ」

「見ての通り忙しいんだ。この子には母親がおらぬでな。誰かが構ってやらねばならんのだ。早くやれ！」

「わかったよ！　人遣いの荒え藪《あれ》医者だ……」

「後で診てやるから心配するな」

捨吉は弘庵から晒を受け取り、渋々子供の膝に巻いてやった。

「坊主、ピーピー泣くんじゃねえや。おれもお前《めえ》くれえの時はよく怪我をしたが泣かなかったぜ。まだお袋はいたが、構っちゃあくれなかったからお前と同じだ……」

捨吉は子供に怒ったように言いながら、意外にも巧《たく》みに晒を巻いてやった。

人足への治療を終え、職人の傷口に晒を巻いていたおりんがそれを見て思わず目を細めた。

「これでいいんだな」

捨吉はゆっくり大きく口を動かしておりんに訊ね、おりんは大きく頷き返した。

「ふッ、思った通りの腕前だ……」

もう一人の職人の傷を診ながら弘庵がニヤリと笑った。

「ほう、先生はどうしてそれが……」

栄三郎が訊ねた。

「簡単なことだ。喧嘩の数だけ自分の体の傷口を癒しているだろうと思ったのだよ」

「なるほど、怪我には誰よりも詳しい……か。捨吉、お前いっそのこと土屋先生の弟子にしてもらったらどうだ」

「おれが……」

「今まで散々人に傷をつけてきたんだ。これから治して回れば辻褄《つじつま》が合うってもんだぜ」

栄三郎は高らかに笑った。

患者達もつられて笑って、気色ばむ捨吉の目の前で泣いた子供もにこっと笑った。

「ちぇッ、肋にひびが入った患者を笑い物にしやがって。とんでもねえ医者にかかったもんだぜ……」

苦笑いするしかない捨吉に、

「捨吉、うだうだ言っておらずに、こっちの傷も縛ってくれ……」

なおも弘庵は手伝えと言った。

「もう弟子にされたのかよ！」

捨吉は吠《ほ》えたが、その声には山犬の鋭さはなく、飼い犬が人に懐《なつ》いている愛らしい響きが含まれていた。

五

それから――。

山犬の捨吉は、土屋弘庵に言われるがまま、日にち薬である肋骨の経過を見せに医院を訪れるようになった。

怪我の治療と言いながら、捨吉が来ると弘庵は手伝えと言って患者の晒を巻かせた。

「おれをこき使いやがって……」

怒る口調は照れ隠しに変わり、

「へいへい、わかりやしたよ……」

弘庵に命ぜられるのを当たり前のように思うようになり、

「おう、こっちへ来ねえ……」

ついには患者に自分から声をかけ、勝手に晒を巻いてやるようになった。

晒を巻くのはおりんよりも手早くしっかりしたものになった。

そしてそれと共に、捨吉の借金の取立てでの暴れっぷりが大人しいものに変わっていった。

といっても、山犬の捨吉の名は京橋から鉄砲洲、築地《つきじ》界隈では随分と恐れられていたから、取り立てられた方は暴れる前に畏《おそ》れ入ってしまうので、別段暴れる必要とてないのであるが——忠三はその変わりように内心舌打ちをしていた。

——ふん、捨吉の野郎も医者通いをするようじゃもうおしめえだな。

それを思い知らされることがあった。

文化四年の正月を迎えてしばらくが経った頃——。

忠三は捨吉に付いて、取立て先の長屋へ向かったところ、十歳くらいの男児が一人、出入り口を上がった六畳の部屋で泣いていた。

近所の連中は関わりを恐れて誰も近付いてこないが、喋《しやべ》り好きの婆ァさんの話では、万事派手好きで贅沢癖《ぜいたくへき》のある女房に振り回された挙句《あげく》に借金を背負った亭主は逃げ、この母親も子を捨てていなくなったようだという。

「ちぇッ、仕方がねえな……」

捨吉は怒りで肩を震わせた。久しぶりに見る捨吉の凄みに忠三は心を引き締めた。

「忠三、おれはこの坊主をなんとかするから、お前は坊主のくそ親父《おやじ》と女を捜し出せ」

その日はそれで別れた。

きっと捨吉は子供の身寄りを捜し出し、そこからいくらか吐き出させようとしているのだと忠三は思っていた。

しかし、実際はそうではなかったのである。

「その時……。捨吉という栃の実がはじけたんだよ」

山犬の捨吉との出会いから今日までの話を、今、秋月栄三郎は居酒屋〝そめじ〟で語っている。

「奴はその子供をどうしたと思う」

「手前と同じ境遇だと、大事にしてやったんでしょうね……」

筆職人の彦造が上体を乗り出した。

大工の留吉も、左官の長次もそうあってくれという表情を向けている。

「ああ、その通りだ。あの山犬が手前のねぐらに連れて帰って、それでもって、こいつに何か食わせてやってくれねえかと、この店に来たんだよ」

栄三郎はそう言ってお染を見た。

「それでわっちは、あったかい御飯に、大根の漬物、豆腐《とうふ》の味噌汁《みそしる》……。あの日と同じ物を出してやったのさ……」

お染はふっと笑うと、自慢の煙管《きせる》で一服つけて、吐き出す白い煙の向こうに、その日の捨吉の様子を思い出した。

「姐さんがここで居酒屋をしていることは知っていたよ。入って一杯やって、あの日の礼を言おうと思ったが、手土産《てみやげ》なしには来られめえ……」

この子の身寄りを方々訪ね、あぶく銭でもきれいに使えばためになる、いくらか添えて預けてやるつもりだと捨吉は言った。

それこそが手土産だ。あの日のことは許してくれと、己が想いを言葉に込めて――。

「それから、二月ばかり経った今日、また奴はここでおれが飲んでいると聞きつけてやって来たってわけだ」

「子供の預け先がうめえこと決まったってわけで……」

「ああ、うまく引き取り手が見つかったそうだ」

「子供を預かったことで、奴はひょっとして堅気になりてえと……」

「ああ、そういうつもりになったようだ」

「わかった！　土屋先生の弟子になりてえ……。そうでやしょう」

彦造、留吉、長次は矢継《やつ》ぎ早《ばや》に問いかける。

「ああ、なりてえってさ」

栄三郎の答えに三人は膝を打って喜んだ。

傷が癒えてからも何だかんだと理由をつけては土屋弘庵の医院に行って、弘庵にあれこれと手伝わされることを楽しみとしていた捨吉であった。

町の出の医師、それを手伝うのは耳の聞こえぬ小娘――もしかしてここでなら、自分だって真っ当に暮らしていけるかもしれない。

だが、弘庵がいくら人手が足りないなどと言っていたとて、仮にも弘庵の弟子になるということは医者を目指すことである。

果たして自分にそんなことができるのであろうか。少しばかり晒が上手に巻けるからといって、医者になろうなど思い上がったことではないか——。

誰かに勢いをつけてほしかった。

——あの秋月栄三郎という旦那なら。

自分の背中を押してくれるのではないか。土屋弘庵との間を取り次いでくれるのではないか——。

「先生よう……、ほんとうにそんなことができるのかい」

「ふッ、お前ができねえと思ったらもうおしめえじゃねえか。権太の捨吉が気の小せえことを言うな」

「ちぇッ、喧嘩するのとわけが違うぜ」

「お前なら、その気になりゃあ何だってできるよ」

「信じていいんだな」

「手前を信じやがれ！」

「わかったよ……。わかった！」

ふと見れば、傍で栄三郎とのやり取りを聞いていたお染の目が、

「お前は世の中をどうしようもなく汚いところだと思っているのかもしれない。

二親はお前を捨てたかもしれない。しかし、世の中は捨てたもんじゃない。世の中を恨んで生きてはいけない……」

そう語りかけているような気がした。

十年前は気づかなかったお染の想いが、今やっとわかった。恰好をつけてもまだ二十歳過ぎのほんの駆け出しである。これからの歳月はまだまだ続くのだ。捨てられた身なら捨て身になれば怖いものはない。

「捨吉、こんな歌がある。〝山川の　末に流るる　栃殻《とちがら》も　身を捨ててこそ　浮かむ瀬もあれ〟。栃殻ってえのは実が熟してはじけた後の殻ってことだ。実が入っていると重いから川の底に沈むが、空《から》になりゃあ浮かぶことができる。お前は今こそはじけ散って、一度殻になれ……」

「わかった！」

栄三郎に諭されて、捨吉は慌ただしく店をとび出したのである。

「栃の実か……」

栄三郎の話に、彦造、留吉、長次は神妙に頷いた。

「栄三さんもたまには好い話をするんだね。まるで手習いのお師匠みたいだよ」

嘆息《たんそく》するお染に苦笑いの栄三郎は、彼もまた真鍮《しんちゅう》に笹の葉が散らされた自慢の煙管をゆったりと燻《くゆ》らせた。

果たしてこのまま捨吉は、渡世人から足を洗ってめでたく土屋弘庵の弟子となれるであろうか――栄三郎の吐く白い煙は、波乱含みで先行きが見えぬ靄《もや》となって辺りに漂っていた。

六

「実はな、お前を栄三殿が連れてきた時から、おれはお前を狙っていたのだ」

「狙っていた……」

「おれとおりんだけでは人手が足りぬゆえにな。手伝ってくれる者が欲しかったのだ」

「だからっておれを……ですかい……」

「なよなよした奴は、いくら医術に優れていても、患者の血を怖がるもんだ。だが、お前なら少々のことでは怯《ひる》まぬ」

「へい、そりゃあ……。それだけが取柄《とりえ》ってもんだが……」

「よく来たな。取立ての仕事よりまったく実入りは悪いが、こっちの方がはるかに楽しいぞ」

「へい……、そりゃあもう……」

「医者になるからには人を傷つけるな」

「へい……」

「おれはお前の考えていることは何でもわかる。それゆえ、嘘をつくな」

「へい……」

「はいと言え」

「はい……」

夏はすぐそことなった。

土屋弘庵の医院に、物言わぬ手伝いの娘・おりんの他に新たな弟子として捨吉が加わった。

秋月栄三郎のお節介は、弘庵、捨吉を見事に結びつけ、お染の胸の内に引っかかっていた若き日の思い出の傷を癒した。

捨吉は〝そめじ〟で栄三郎に背中を押された後、その足で喉仏の誠二の許へ走り、

「あっしも何やら疲れてまいりやした。忠三にこの先仕事を渡してえと思います

……」

そう言うと、さっさと取立て屋の方を辞《や》めてきた。

「おい、お前何を言い出すんだ。まだ疲れるような歳じゃなし、どこか他所《よそ》から誘われているならそこの倍、手間を出そうじゃねえか」

誠二はてっきり他所の金貸しから引き抜きがあったと思ったらしく、金をちらつかせて引き留めたが、

「そんなんじゃねえんで……」

と、捨吉はまるで取り合わなかった。

お染、秋月栄三郎、土屋弘庵、そしてこの三人を巡る人達……。

この半年の間、その人の輪にちょっと触れただけで、この喉仏がいかにつまらない男かが見えてきて、口を利くのも嫌になっていたのだ。

弘庵は一間きりの二階を捨吉のために空けてくれた。

薬臭い家の中も、弘庵について医術を学ぶと、それも新鮮な神々《こうごう》しい香に思われた。

一日中、弘庵から病や怪我の治療法を見聞きすると、今まで知識が空っぽだった頭の中にはそれがおもしろいように入っていった。

学問とは日がな机に向かう退屈なものと思い描いていたが、ここにいると机に向かう間がなかった。

「何でえ、お前ほんとうに人の傷を治すつもりになったのかよ……」

捨吉に軽口を叩く患者には、

「毒は塗らねえから安心してくんな！」

とやり返す。

「捨吉！　無駄口叩いている暇《ひま》があったらこっちへ来て薬の調合を覚えろ！」

すると弘庵の怒鳴り声——。

鉄火場のような医院の雰囲気は捨吉にはピタリと合った。

だが、捨吉の夢のような暮らしは、三日も経たぬうちに暗雲に包まれた。

「兄ィ、こんなところにいたんですかい……」

捨吉がここにいることをすぐに忠三が嗅《か》ぎつけてやって来たのである。

捨吉に付いていた忠三は、捨吉がここへ通っていることに気づいていた。ひょっとして、町医者にたぶらかされたのかもしれないと、忠三は喉仏の誠二に伝えた。

「あの捨吉が町医者の弟子に？　そんなもの、務まるはずがねえだろう」

と、一笑に付した誠二であったが、忠三に探らせてみれば、確かに土屋弘庵という町医者の許に身を寄せているという。

「気が触れやがったか……」

誠二は忠三に連れ戻してこいと命じた。

今は捨吉に替わって、誠二からの取立てを任されている忠三である。

今さら捨吉になど戻ってきてもらいたくもない。だが、忠三は捨吉に対して根の深い恨みがあった。何かというと気分で殴られ、同じ歳というのに罵《ののし》られた捨吉をいつか見返してやると心の内に思い続けてきた悪意が噴出したのである。

奴の新しい暮らしをめちゃくちゃにしてやろう、その上で誠二の許に戻ってきたら、今度はおれが奴を顎で使ってやる――ちょっと前までの捨吉なら手強《てごわ》いが、奴はどういうわけかすっかりと骨が抜けた様子に成り下がっている。

ここで若い者達の信頼を自分にさえ向ければ何も怖くはない――。

「兄ィ、こんな薬臭《くせ》えところに引っ込んでいちゃあ、山犬の捨吉の名が廃《すた》れますぜ。さあ、あっしと一緒に戻っておくんなさい……」

忠三は若い衆を引き連れて、患者を脅《おど》すように見廻した。

「忠三、仕事はもうお前に任せたんだ。おれはここで暮らすことにしたから、すまねえが帰ってくれ……」

兄ィと立てながらも、山犬の捨吉何するものぞという態度をありありと示した忠三に向かっ腹を立てつつ、もう喧嘩はしないと心に誓った捨吉は、大人しく忠三に頭を下げた。

「兄ィがそう言うなら仕方がねえ。今日は帰るが、おれも誠二親分に兄ィを連れ戻せと言われた手前、そうたやすく諦めるわけにはいかねえんでね……」

出直してくると忠三は帰ったが、それから毎日来るようになった。

忠三が捨吉を怒らせて、ここにいられなくしようとしていることは明らかであった。

忠三は大人しく頭を下げる捨吉をいたぶることが楽しくて仕方がないようで、患者への嫌がらせも露骨になった。それでも捨吉は耐えて忠三がそのうち諦めるだろうと頭を下げ続けた。

土屋弘庵は、忠三への対処はすべて捨吉の試練だと本人に任せ、彼もまた忠三の横暴に堪《た》えた。

「捨吉、患者達のことは心配するな。ここに来る連中はお前が奴らに頭を下げ続ける限り、お前の味方でいてくれる。それを忘れるな……」

弘庵の言葉に捨吉は項垂《うなだ》れた。

あまりにも我が身が情けなかった。

世の中のことなど何もわからないまま、二親に捨てられ世間からも外れてしまったこの身にとって、腕っ節だけが生きる術であった。

今やっと、そんなことに頼らずとも明日への希望を胸に生きていけることに気づいたというのに、自分の居場所を見つけられたというのに、それを許さぬ己《おの》が運命の何と皮肉なことであろうか。

秋月栄三郎は、〝身を捨ててこそ浮かむ瀬もあれ〟と言った。

自分に土屋弘庵の真似ができるかどうかはわからぬが、身を投げ出して、弘庵に縋《すが》ればできないことはないと思った。

しかし、枘殻となって水面《みなも》に浮かび上がっても、これを上から押さえつける奴もいるのだ。

何とかせねばなるまい。自分の味方でいてくれる人達のために、このまま手をこまねいているわけにもいくまい――。

土屋弘庵の弟子となって五日目のこと。

捨吉は昔馴染みが病に伏せっているそうなので見舞に行かせて下さいと弘庵に

願って、朝から出かけた。

その懐の中には手拭《てぬぐ》いに包まれた医療用の小刀が忍んでいた。

そして、捨吉が足を延ばした先は、鉄砲洲船松《ふなまつ》町の渡し場——その手前に広がる木立《こだち》の中であった。

もちろん、昔馴染みの見舞などとは方便で、昨日再び土屋弘庵の医院に押しかけてきた忠三に、

「お前の言う通りにするから、ちょいと頼みを聞いてくれねえか……」

と耳打ちして、密《ひそ》かにここへ呼び出したのである。

捨吉はここに至って決着をつけようと思いたった。弘庵は堪えろと言う。患者達も捨吉が忠三達に頭を下げ続ける限り味方でいてくれるようだ。

しかし、自分は痛みに堪えられても、人の痛みには堪えられぬということを生まれて初めて知った捨吉には、これ以上忠三の横暴を許すわけにはいかなかった。とにかくじっとしてはいられなかったのだ。

「兄ィ、来たぜ……」

やがて、昼なお暗い木立の中に忠三が現れた。半年前に捨吉から顔をはたかれていた頃と比べると、見違えるほどの貫禄《かんろく》を身につけている。

「忠三、すまなかったな。こんなところまで呼び出して……」

「ヘッ、ヘッ、似合わねえな……。兄ィがおれに詫《わ》びるなんてよう……」

忠三は勝ち誇ったように言った。

「山犬の捨吉も変われば変わるもんだ。人に弱みを見せたらもう渡世では生きていけねえと、いつもおれに教えてくれた兄ィがなあ」

「忠三、頼む！」

捨吉はその場に手をついた。

「もう捨吉は使いものにならねえ、諦めたがいいと、親分に伝えてくれ」

「何でえ、お前の言う通りにすると言ったのは嘘かい」

忠三は上から見下して口を歪めた。

「そうでも言わねえと、お前は取り合ってくれねえと思ったからよう……」

「嫌だと言ったらどうするんだい。懐に隠し持ったものでおれを始末するつもりかい」

「忠三、おれはな……」

「兄ィ、どうしたい。おれの前に手なんぞつかずとも、忠、おれの言うことが聞けねえのかと、いつもみてえに殴りゃあいいだろう。力ずくで言うことを聞かせりゃあいいじゃねえか」

「お前を殴ったりしてすまなかった……。忠三、おれを存分に殴れ！　気がすむまで殴ってくれ。その代わり、もう先生の家には来ねえでくれ……」

捨吉は祈るような目で忠三を見た。

「ふん、ざまあねえな……」

忠三はこれを嘲《あざけ》り、

「おう、皆出てこい！　山犬の捨吉兄ィが妙な恰好をしているぜ！」

と叫んだ。

すると、木々の間から誠二の家にたむろする若い衆がゾロゾロと出てきた。

「忠三、手前……」

捨吉は奥歯を嚙んだ。

「何だ……。一人で来なくちゃあいけなかったのかよ。何をしでかすか知れたもんじゃねえ山犬の捨吉に、一人で会いに来るのろまはいねえだろうよ」

「皆、頼む、もうおれを訪ねてこねえでくれ」

「兄ィ、何を怖がっているんだよ。ここにいるのは、気に入らねえことがあるとすぐに殴りつけていた奴ばかりだぜ」

「おれが憎けりゃ好きにしやがれ……」

「おれが憎けりゃ？　手前ほど胸くその悪い野郎はいねえや！」

忠三は言うや、ついに捨吉を踏みつけた。これを捨吉はじっと堪えている。

「そんなに殴ってほしけりゃあ、望み通りにしてやるぜ。おう！　仲間を捨てて医者気取りの、このクソ野郎をたたんじめえ！」

忠三の恐ろしい剣幕に、かつては捨吉に逆らえなかったのと同じように、若い連中は捨吉に蹴りを加え、散々に踏みつけた。

それでも捨吉は堪えた。自分の痛みには堪えられる。

「ざまあみやがれ！　捨吉、これですむと思ったら大間違いだ。あんな町医者、踏み潰《つぶ》してやらあ！」

「この野郎……」

じっと堪えていた捨吉も、忠三のこの言葉にはとうとう堪忍袋の緒が切れた。

殴られ蹴られつつ、懐に忍ばせた小刀に手をやり、忠三だけは刺してやろうと機を窺《うかが》ったその時――。

「おい！　その辺でいいだろう。おれの弟子を連れて帰るぞ……」

争闘の場に土屋弘庵の野太い声が響いた。

「せ、先生……」

捨吉がはっと小刀から手を離し見上げると、木立の向こうから弘庵が秋月栄三郎と二人でやって来るのが見えた。

「また栄三先生のお節介かよ……」

こんなことが起こるであろうことくらいは、栄三郎にはお見通しであった。

捨吉が弘庵の許へと弟子入りしてからというもの、栄三郎は又平に手伝わせて忠三の動きをしっかりと摑んでいたのである。

「捨吉、もっと早く止めに入ろうと思ったが、こいつはお前の落とし前だと様子を見ていた。悪く思うなよ」

栄三郎は捨吉に群がる若い衆を搔《か》き分け、抱き起こした。

「待ちやがれ！　こっちの方はまだ話がついてねえんだよう！」

忠三が凄んだ。

「そうか、それならこの先はおれが相手になってやろう。あんな町医者、踏み潰してやるとお前は言ったな」

弘庵は恐ろしい形相で忠三を睨み返した。

「言ったがどうした……」

「それならば、降りかかった火の粉は払わねばなるまい」

弘庵はそう言い放つと、目にも留まらぬ早業《はやわざ》で忠三の腕を取りこれをひねった。

「な、何をしやがる……」

忠三の絶叫と共に彼の肩が外れた。

「野郎……！」

若い衆が一斉《いっせい》に弘庵にとびかかった。

「先生……」

弘庵の早業に目を丸くしながらも、捨吉はその身を案じて助けに入ろうとしたが、

「黙って見ていろ……」

栄三郎は捨吉を止めて、若い者の一人を大刀の鐺《こじり》で突き倒した。

「あの先生はな、おれの剣術の師・岸裏伝兵衛先生に武芸の手ほどきを受けたお人なんだ」

栄三郎がそのことを伝え終わらぬうちに、弘庵は左右の敵の首根っ子を両の手に摑み、エイヤとばかりに頭同士をぶつけ合わせ、さらに一人の鳩尾《みぞおち》に拳を突き

入れて三人を倒していた。

その戦いぶりの凄さに後の一人は逃げ去った。

「お前達は喧嘩が強いと思い込んでいるようだが、ほんとうに強い奴は滅多やたらと喧嘩などせぬものだ。いい気になるとこのように痛い目を見るぞ」

二人の男の登場に、あっという間に叩き伏せられた破落戸達は、弘庵の穏やかな物言いだけを頼みにがたがたと震えていた。

「忠三、気の毒だがもうお前の腕は使いものにならねえな」

栄三郎がニヤリとして言った。

「へ……、そ、そんな……、何とかして下せえ……、お願《ねげ》えします……」

右腕をだらりとさせて座り込む忠三が悲鳴をあげた。

「どうする捨吉、ひと思いにおれがその腕を斬り落としてやってもいいが」

「ご勘弁を！　捨吉兄ィ！　おれが悪かった、許してくれ。頼むから先生にお願えして下せえ……」

泣き叫ぶ忠三を目で制して、捨吉は弘庵に頭を下げた。

「泣くな！　今戻してやる……」

弘庵は忠三を叱りつけると、歩み寄って忠三の肩に手をやった。

鈍《にぶ》い音と共にたちまち忠三の右腕は元の動きを取り戻した。

「あ、ありがとうございます……！」

忠三はその場で額《ひたい》を地面に擦《こす》りつけた。

「医者のありがたみがわかったかい」

栄三郎がにこやかに声をかけた。

「へい……」

「そんなら二度と迷惑をかけるんじゃねえ」

「そりゃあもう……」

「よし、行け」

「御免なすって……」

忠三達は逃げ去った。

「捨吉、嘘はつくなと言ったはずだ……」

弘庵は傷だらけで跪《ひざまず》く捨吉を静かに叱りつけた。

「申し訳ございません……」

「だが、喧嘩はしなかった。大したものだ」

「いえ……、先生、あっしは忠三が言うことを聞かねえ時はひと思いにやってやろうと、こんな物を隠し持っておりやした……」

捨吉は懐から件《くだん》の小刀を取り出すと、これを差し出し無念さをにじませて突っ伏した。

「あっしの性根は直らねえ……。同じ町の出だといったって、おれは先生とは似ても似つかねえ生き物なんだ……。やっぱり、やっぱりおれが先生の弟子になるなんて、端《はな》からできねえことだったんだ……」

捨吉はそう言うとぽろぽろと涙を流した。まだ子供の時、足腰が立たなくなるまで痛めつけられても涙は見せなかった捨吉が、今人目構わず泣いている。

弘庵は目を細めて見違えるように人の変わった弟子を見つめていたが、

「大丈夫だ……。お前はとうとう本当の悔しさを知ったのだ。捨吉、お前に好い物を見せてやろう」

「好い物……」

「ああ、滅多と見せぬぞ、ようく見ろ……」

弘庵は捨吉に背を向け諸肌《もろはだ》を脱いだ。

「あ……」

思わず呻いた捨吉の目の前に、弘庵の背中に彫り込まれた般若《はんにゃ》の姿が現れた。

「お前の考えていることは何でもわかる……。そう言ったのはおれもお前と同じ、札つきの暴れ者だったからだ。町で暴れている時に、ある強いお人にぶちのめされて意見をされた。それが栄三殿の剣のお師匠・岸裏伝兵衛先生であった。おれは悔しくて、もっと強くなりたいと岸裏先生の弟子にしてもらった。そのうちに、道場で門人の傷の手当をされる先生を手伝ううちに、お前は医術の才があると先生におだてられてその気になった。その時先生は、身を捨ててこそ浮かむ瀬もあれ……。その気になれば人間は何でもできるのだと、おれの背中を押して下さった。捨吉、人は皆同じだ。お前はおれとは似ても似つかねえ生き物ではない。さあ、帰るぞ……」

土屋弘庵は再び着衣を正し、般若を着物の下に収めると、捨吉に大きく頷いて歩きだした。

秋月栄三郎は捨吉を立たせると、ぽんと背中を手の平で叩いた。

木立の隙間《すきま》から射《さ》し込む日射しはもう夏のものである。

捨吉は栄三郎にしっかりと頭を下げて、弘庵の後を追う。たくましき医術の師弟に、強い陽光は真に好く似合っていた――。

「岸裏先生に土屋先生みたいなお弟子がいたとはねえ……」

「おれがまだ入門する前の話だ……」

「栄三さんはとてつもない打出の小槌を持っているねえ」

「打出の小槌……？」

「そうさ、そいつを振ったら色んな人が出てくるんだ」

秋月栄三郎は捨吉を見送った後、〝そめじ〟に向かった。

まずはお染の胸の痞《つか》えを取ってやろうと思ってのことだが、こういう金にもならぬ〝取次〟がうまくいった時ほど嬉しいことはない。

まだ日は高いが祝杯をあげたかった。

お染もそれに付き合った。この男の優しさを一身に受けると飲みたくて仕方がなくなる。

「でも大丈夫かねえ。喉仏の誠二って馬鹿が何かしてこないかねえ……」

「心配いらねえよ。ここへ来る前、あの蘊蓄《うんちく》野郎に胸を叩かせた」

「お町の前原の旦那が任せとけってかい」

「そういうことだ」

捨吉のようなはみ出し者が医者の弟子になる――これは町の悪たれ共に好い教

えになりそうだ。

栄三郎から話を聞いた前原弥十郎は、かねてから快く思っていない喉仏の誠二にこの際釘《くぎ》をさしてやる、土屋弘庵の家には指一本触れさせないと意気込んだのである。

「まあ、あの旦那も悪い男じゃあねえや……。念のために新兵衛とおれとで時折様子を見に行くか……。岸裏道場で一緒だった陣馬七郎《じんましちろう》が近々武者修行から帰ってくるとかいうから、いっそあの辺りに住まわせるか。それより何より、岸裏先生はどこでどうしていることやら。田辺屋殿が久しぶりに会いたいと言っているのだが……。そうだ、その時に土屋先生と捨吉もそこへ呼ぶことにしよう。おりんも呼んでやるか。覚えているだろう、土屋先生のところにいた……。あれは耳が聞こえなくて、二親にも死に別れた可哀想《かわいそう》な娘なんだ。だが好く働くし器量も好い。おれや又平みてえに口から先に生まれてきたような男は、ああいう娘を女房にもらえば辻褄が合うんだろうな。はッ、はッ、はッ……」

本当に調子の好い男だ。だがこの男のお喋りは何て心地が好いんだ――。

つられて笑い出すお染の前で、栄三郎は休むことなく打出の小槌を振り続けた。

本書は二〇一二年九月、小社より文庫判で刊行されたものの新装版です。

一〇〇字書評

切り取り線

購買動機（新聞、雑誌名を記入するか、あるいは○をつけてください）

□（　　　　　　　　　　　）の広告を見て	
□（　　　　　　　　　　　）の書評を見て	
□ 知人のすすめで	□ タイトルに惹かれて
□ カバーが良かったから	□ 内容が面白そうだから
□ 好きな作家だから	□ 好きな分野の本だから

・最近、最も感銘を受けた作品名をお書き下さい

・あなたのお好きな作家名をお書き下さい

・その他、ご要望がありましたらお書き下さい

住所	〒				
氏名		職業		年齢	
Eメール	※携帯には配信できません	新刊情報等のメール配信を 希望する・しない			

この本の感想を、編集部までお寄せいただけたらありがたく存じます。今後の企画の参考にさせていただきます。Eメールでも結構です。

いただいた「一〇〇字書評」は、新聞・雑誌等に紹介させていただくことがあります。その場合はお礼として特製図書カードを差し上げます。

前ページの原稿用紙に書評をお書きの上、切り取り、左記までお送り下さい。宛先の住所は不要です。

なお、ご記入いただいたお名前、ご住所等は、書評紹介の事前了解、謝礼のお届けのためだけに利用し、そのほかの目的のために利用することはありません。

〒一〇一-八七〇一
祥伝社文庫編集長　清水寿明
電話　〇三（三二六五）二〇八〇

祥伝社ホームページの「ブックレビュー」からも、書き込めます。
www.shodensha.co.jp/bookreview

祥伝社文庫

浮《う》かぶ瀬《せ》　取次《とりつぎ》屋《や》栄三《えいざ》〈新装版〉

令和 6 年 9 月 20 日　初版第 1 刷発行

著　者　岡本《おかもと》さとる
発行者　辻　浩明
発行所　祥伝社《しょうでんしゃ》
東京都千代田区神田神保町 3-3
〒 101-8701
電話　03（3265）2081（販売）
電話　03（3265）2080（編集）
電話　03（3265）3622（製作）
www.shodensha.co.jp
印刷所　錦明印刷
製本所　ナショナル製本
カバーフォーマットデザイン　中原達治

  ISBN978-4-396-35080-2 C0193

祥伝社文庫の好評既刊

岡本さとる
取次屋栄三《えいざ》 新装版
武士と町人のいざこざを、知恵と腕力で丸く収める秋月栄三郎。痛快かつ滋味溢れる傑作時代小説シリーズ。

岡本さとる
がんこ煙管《ぎせる》 取次屋栄三《えいざ》② 新装版
廃業した頑固者の名煙管師に、もう一度煙管を作らせたい。廃業の理由は娘夫婦との確執だと知った栄三郎は……。

岡本さとる
若の恋 取次屋栄三《えいざ》③ 新装版
分家の若様が茶屋娘に惚れたという。心優しい町娘にすっかり魅了された栄三郎は、若様と娘の恋を取り次ぐ。

岡本さとる
千の倉より 取次屋栄三《えいざ》④ 新装版
手習い道場の外に講話を覗く少年の姿が。栄三郎が後を尾けると……。千に一つの縁を取り持つ、人情溢れる物語。

岡本さとる
茶漬け一膳 取次屋栄三《えいざ》⑤ 新装版
人の縁は、思わぬところで繋がっている。別れ別れになった夫婦とその倅、家族三人を取り持つ栄三の秘策とは？

岡本さとる
妻恋日記 取次屋栄三《えいざ》⑥ 新装版
亡き妻は幸せだったのか。かつて八丁堀同心として鳴らした隠居は、妻を顧みなかった悔いを栄三に打ち明け……。

祥伝社文庫の好評既刊

岡本さとる

合縁奇縁《あいえんきえん》 取次屋栄三⑭

凄腕《すごうで》女剣士の一途《いちず》な気持ちに、どう応える？　剣に生きるか、恋慕をとるか。ここは栄三、思案のしどころ！

岡本さとる

三十石船 取次屋栄三⑮

大坂の野鍛冶の家に生まれ武士に憧れた栄三郎少年。いかにして気楽流剣客となったか。笑いと涙の浪花人情旅。

岡本さとる

喧嘩屋 取次屋栄三⑯

大事に想う人だから、言っちゃあいけないこともある。かつての親友と再会。その変貌ぶりに驚いた栄三は……。

岡本さとる

夢の女 取次屋栄三⑰

旧知の女の忘れ形見、十《とお》になる娘おえいを預かり愛しむ栄三。しかしおえいの語った真実に栄三は動揺する……。

岡本さとる

二度の別れ 取次屋栄三⑱

栄三と久栄の祝言を機に、裏の長屋へ引っ越した又平。ある日、長屋に捨て子が出るや又平が赤子の世話を始め…。

岡本さとる

女敵《めがたき》討《う》ち 取次屋栄三⑲

誠実で評判の質屋の主から妻の不義調査を依頼された栄三郎は、意気揚々と引き受けるが背後の闇に気づき……。

祥伝社文庫の好評既刊

岡本さとる　忘れ形見《がたみ》　取次屋栄三⑳

名場面を彩った登場人物たちが勢揃い！　栄三郎と久栄の行く末を見守る、感動の最終話。

岡本さとる　それからの四十七士

〝火の子〟と恐れられた新井白石と、〝眠牛〟と謗られた大石内蔵助。命運を握るは死をも厭わぬ男の中の漢たち。

今井絵美子
岡本さとる
藤原緋沙子
哀歌《あいか》の雨

いつの時代も繰り返される出会いと別れ。すれ違う江戸の男女を丁寧に描く、切なくも希望に満ちた作品集。

宇江佐真理　十日えびす　新装版

夫が急逝し、家を追い出された後添えの八重。義娘と引っ越した先には猛女お熊がいて……母と義娘の人情時代小説。

宇江佐真理　ほら吹き茂平　なくて七癖あって四十八癖　新装版

うそも方便、厄介ごとはほらで笑ってやりすごす。懸命に真っ当に生きる家族を描く豊穣の時代小説。

宇江佐真理　高砂《たかさご》　なくて七癖あって四十八癖　新装版

倖せの感じ方は十人十色。夫婦の有り様も様々。懸命に生きる男と女の縁《えにし》を描く、心に沁《し》み入る珠玉の人情時代。

祥伝社文庫の好評既刊

江上　剛
根津《ねづ》や孝助《こうすけ》一代記
日本橋薬種商の手代・孝助、齢は十六。草鞋を購う一文を切り詰め、立身出世の道を切り拓く！　感動の時代小説。

河合莞爾
かばい屋弁之助《べんのすけ》吟味控
罪なき者、この私が庇ってみせる。訳あり手習い師匠の弁之助は、火付犯とされた男を救うため、お白洲に立つ！

喜多川　侑
瞬殺　御裏番闇裁き
南町の隠密廻り同心は、好きが高じて芝居小屋の座頭・東山和清となった。だがその真の顔は、将軍直轄の御裏番！

喜多川　侑
圧殺　御裏番闇裁き
窮地に陥った遊郭吉原を救うべく、芝居小屋天保座こと「御裏番」は、黒幕を葬り去るとてつもない作戦を考える！

喜多川　侑
活殺《かっさつ》　御裏番闇裁き
新築成った天保座は、悪党どもに一泡吹かせる絡繰り屋敷⁉　川越藩を乗っ取らんとする陰謀に一座が立ち向かう。

馳月基矢
伏竜《ふくりよう》　蛇杖院《じゃじょういん》かけだし診療録
「あきらめるな、治してやる」力強い言葉が、若者の運命を変える。パンデミックと戦う医師達が与える希望とは。

祥伝社文庫の好評既刊

馳月基矢
萌《もゆる》 蛇杖院《じゃじょういん》かけだし診療録
因習や迷信に振り回され、命がけとなるお産に寄り添う産科医・船津初菜の思いと、初菜を支える蛇杖院の面々。

馳月基矢
友 蛇杖院《じゃじょういん》かけだし診療録
蘭方医の登志蔵は、「毒売り薬師」と濡れ衣を着せられ姿を隠す。亡き者にと二重三重に罠を仕掛けたのは？

馳月基矢
儚《はかな》き君と 蛇杖院《じゃじょういん》かけだし診療録
見習い医師瑞之助の葛藤と、悲惨な境遇を乗り越えて死地へと向かう患者の決断とは⁉ 涙を誘う時代医療小説！

馳月基矢
風 蛇杖院《じゃじょういん》かけだし診療録
重篤な喘息に苦しみ会話すらままならない患者の治療に、新米医師・瑞之助は疲弊する。やがて患者が姿を消し……。

吉森大祐
大江戸墨亭《ぼくてい》さくら寄席《よせ》
大事なひとを救う――。貧乏長屋で育った幼馴染の二人が、診療代を稼ぐため寄席をひらく！ 感動の青春時代小説。

吉森大祐
おやこ酒 大江戸墨亭さくら寄席
ろくでなしの父から一通の文が届いた。だがそれは、娘を嵌める罠だった――。駆け出しの落語家が〝親〟に向き合う。